Bernd Meierrieks

Der Koch von Köpenick

Erzählung

Ich danke

Frau Sandra Paetzold aus Beelitz für die
gewissenhafte Korrektur des Manuskripts.

© 2020 Bernd Meierrieks

Herstellung und Verlag

BoD - Books on Demand, Norderstedt

ISBN 9783751951777

Bibliographische Informationen der Deutschen Nationalbibliothek
Die Deutsche Nationalbibliothek verzeichnet diese Publikation in der
Deutschen Nationalbibliographie.

1

Ben Lorenz kniff die Augen zusammen. Es brannte höllisch, als ein Tropfen Schweiß sich seinen Weg von der Stirn in den Augapfel gebahnt hatte. Instinktiv legte er sein Messer aus der Hand, unter dessen Schneide sich ein Bund Schnittlauch zur Hälfte in kleine Kügelchen verwandelt hatte. Er griff nach seinem Tuch, dem »Touchon«, das vorschriftsmäßig in der Schürze steckte, um sich das Gesicht und die Augen zu trocknen. »Wenn du bei jeder Kleinigkeit deine Arbeit unterbrichst, bringst du hier den gesamten Ablauf zum Erliegen«, herrschte ihn Rainer Winzer an. Ben zuckte zusammen und stammelte: »Entschuldigung«. »Du musst dich an den rauhen Ton hier gewöhnen, sonst schaffst du es nicht.« Der Küchenchef legte beschwichtigend die Hand auf die Schulter seines Schützlings, der dem Bund Schnittlauch jetzt den Rest gab.

Vor ihm lagen noch drei Zwiebeln, zwei Paprika, rot und grün, zwei große Knoblauchzehen und eine dicke Stange Lauch. Die Küchenuhr zeigte 13:43 und das Restaurant *Alte Schule* in Potsdam war gut besucht. Zwanzig der dreißig Tische waren besetzt, wenn auch nicht immer alle Stühle gebraucht wurden. Andreas Hoppmann, Légumier, zuständiger Koch für die Gemüsezubereitung, sprang mit hochrotem Kopf in der engen und heißen Küche umher. »Verdammt nochmal, wo bleibt das Grünzeug?« Ben erschrak, umklammerte sein Messer und versuchte, angestrengt sich zu erinnern, was er über das korrekte Schneiden von Gemüse gelernt hatte. Er teilte hektisch die vor ihm liegenden Teile in möglichst gleichmäßige Stücke oder Streifen.

Der Messergriff lag feucht und glitschig in der rechten Hand. Zugleich griff er mit der linken nach der grünen Paprikaschote. Das herrische Rufen des Légumiers dröhnte ihm in den Ohren, das Gemüse flutschte ihm aus den Fingern. Mit einer ruckartigen Bewegung wollte er nachfassen. Die linke Hand schnellte vorwärts, kreuzte die rechte, mit der er krampfhaft das Messer zu halten versuchte, dessen Schneide sich mittlerweile zwischen den schweißnassen Fingern nach oben gedreht hatte.

Der rasiermesserscharfe Stahl grub sich in seinen Unterarm.

Blut und Schweiß fielen in dicken Tropfen auf sein Schneidbrett und vermischten sich mit dem darauf ausgebreiteten Lauch, den Zwiebeln, der Paprika und den noch unberührten Knoblauchzehen, deren trockene Schalen rot anliefen. Ben wankte.

Als er Halt an den Kanten des Arbeitstisches suchte, griff er ins Leere. Er sank lautlos zu Boden. Das scheppernde Geräusch seines auf den Küchenboden knallenden Messers rückte Ben Herzog urplötzlich in den Mittelpunkt der von lärmenden Betriebsamkeit erfüllten Restaurantküche.

Rainer Winzer eilte herbei. Der war eben noch damit beschäftigt, ein à-la-carte-Gericht aus *Steinbeißerfilet mit Pfeffer-Orangenbutter auf geschmortem Chicorée* ansprechend herzurichten. Er beugte sich über den schluchzend am Boden kauernden Kochlehrling. Der Chef de Cuisine fischte eine saubere Küchenrolle aus dem Wandregal und presste sie auf Bens blutende Wunde, zog ihn hoch und bugsierte ihn in Richtung Waschraum. Rainer Winzer setzte ihn auf einen Stuhl, griff sein Smartphone und rief die Notfallrettung.

Nach knapp fünfzehn Minuten stand ein Rettungswagen vor dem Eingang der *Alten Schule*. Sein gellendes Signalhorn kündigte ihn von Weitem an. Kurz vor Erreichen des Lokals hatte die Besatzung den durchdringenden Warnton abgeschaltet. Allein die grellen Blaulichter zeugten von einem Notfall. Schon zuckten sie durch die Fenster des Lokals.

Etliche Gäste reckten Ihre Köpfe.

Andreas Hoppmann eilte nach draußen, um den Sanitätern den Weg in den Waschraum zu weisen. Ben saß auf dem Stuhl und presste die Küchenrolle auf die klaffende Wunde seines Arms. Einer der Rettungshelfer warf dem Chef de Cuisine einen strafenden Blick zu, als er das vom Blut durchnässte Küchenkrepp erblickte. Rainer Winzer zuckte bedauernd und entschuldigend mit den Schultern.

Ein Sanitäter öffnete den Erste-Hilfe-Koffer und entnahm ihm eine Packung Verbandsmaterial, streifte sich Latexhandschuhe über und legte routiniert einen Druckverband an. Ben zitterte und sein Gesicht war von den strahlend hell getünchten Wänden kaum zu unterscheiden. Er versuchte aufzustehen, doch ein harsches »Sitzenbleiben« des älteren der zwei Sanitäter zwang ihn wieder auf den Stuhl.

Derweil lief der andere Rettungshelfer nach einem kurzen Blickwechsel mit seinem Kollegen zum Notarztwagen und kehrte bald darauf mit einem Rollstuhl zurück. Sie setzten Ben hinein und schoben ihn durch den Hinterausgang zum Rettungswagen.

Ohne Blaulicht und Signalhorn fuhren sie gemächlich ins St. Josefs-Krankenhaus in die *Allee nach Sanssouci.*

Der Chef de Cuisine und sein Légumier eilten zurück in die Küche. »Nur ein kleiner Küchenunfall, nichts Ernstes«, beruhigte der Oberkellner die Besucher des Restaurants. »Ich wünsche Ihnen weiterhin einen guten Appetit und einen entspannten Nachmittag.«

Die Aufmerksamkeit der Gäste kehrte zurück auf ihre Teller und zu den Tischgesprächen. Die Geräusche, wenn sich Besteck und Porzellan treffen, übertönten wieder das leiser gewordene Gemurmel der Speisenden.

Der Rettungswagen kam trotz seines gemächlichen Tempos zügig voran. Die Straßen Potsdams waren nachmittags am Wochenende spärlich belebt. Der Fahrer, der jüngere der beiden Sanitäter, steuerte direkt die Rettungsstelle an. »Arbeitsunfall, tiefe Schnittwunde, Unterarm links, Blutung gestillt, Druckverband, sitzend transportiert, Kreislauf stabil«, rief der ältere Rettungshelfer einer Ärztin zu, die Ben empfing, und ihn mit dem Rollstuhl in ein Behandlungszimmer schob. »Na, mein Junge, wie ist denn das passiert«, fragte sie und wickelte behutsam den Verband auf.

»Ich schau mir das jetzt mal an und werde die Wunde desinfizieren. Das kann ein bisschen brennen, aber du bist ja ein tapferes Kerlchen.« Ben lächelte gequält. Routiniert ging die Medizinerin zu Werke. Dabei schaute sie ihm wiederholt an, um seine Reaktionen im Blick zu behalten. Unnötige Schmerzen wollte sie ihm nicht zufügen. Als sie das Desinfektionsmittel aufsprühte, verzog er das Gesicht und stöhnte auf.

»Ist gleich vorbei«, beruhigte die Ärztin ihren Patienten und wickelte den Arm in einen sterilen Verband. »So, jetzt röntgen wir vorsichtshalber noch, dann war´s das schon.« Sein Arm gab im Röntgenbild Entwarnung.

Es waren keine Sehnen oder Knochen in Mitleidenschaft gezogen worden. Die nur oberflächliche Fleischwunde würde rasch heilen.

Eine Krankenschwester rief Bens Eltern an, damit ihn jemand von der Familie abholte.

Als seine Mutter Franziska vorfuhr, saß er draußen auf einer Bank und blinzelte in die Sonne. Sein Verband leuchtete. Die Klinik hatte ihn für eine Woche krankgeschrieben. »Oh Gott, mein Junge, was ist passiert« fragte Franziska mit Panik in der Stimme. »Nicht so schlimm«, entgegnete Ben. Und gleich darauf: »Können wir noch kurz im Restaurant vorbei fahren?«, bat er, »dann gebe ich die Krankmeldung schon mal ab.« Mutter Herzog nickte und fuhr los.

Mit im Auto, Rauhaardackel Anton. Der war sofort auf Bens Schoß gesprungen und schnupperte am frischen Verband. Er sah zu ihm auf und fiepte leise, wobei er mit einem fragenden Blick zu ihm aufschaute. »Alles gut«, flüsterte Ben und kraulte ihm die Ohren.

Am Restaurant angekommen, eilte er durch den Hintereingang in die Küche. Seine Augen suchten den Raum ab und er entdeckte Rainer Winzer, als der gerade die letzten gefüllten Teller mit *Tagliatelle an Orangen-Fenchel-Sauce mit gebratene Kabeljaufiletstücken* und *Hähnchen-Gemüse-Pfanne mit Staudensellerie, Möhren und Paprika* Richtung Gaststube schickte. »Hier die Krankmeldung, Chef«. »Danke, mein Junge, und komm erst wieder, wenn du richtig fit bist«, entgegnete der Chef de Cuisine und verabschiedeten ihn mit einem Klaps auf den Rücken.

Ben schlenderte zurück zum Auto. Drinnen sprang Anton sofort erneut auf seinen Schoß. Die Mutter hatte auf dem Navigationsgerät die schnellste Route gewählt und fuhr in Ludwigsfelde auf die A 10 bis Erkner. Von dort waren es noch wenige Kilometer und nach rund einer Stunde bogen sie in die Einfahrt ihres Hauses in der Heidelandstraße Nr. 10 ein.

An der Haustür warteten Vater Klaus und Schwester Anika. »Na, Ben, hast du jetzt endlich genug von deinem Frauenberuf? Ich habe dir gleich gesagt, dass Kochen nichts für Männer ist«, empfing der ihn, stieg in seinen Kleintransporter und fuhr zurück zur Baustelle nach Erkner, die er für wenige Minuten verlassen hatte.

Das Gerüst an der Fassade der Villa Bechstein in der Friedrichstraße war noch nicht fertig aufgebaut. Die Zeit raste davon. Die von Klaus Herzog angesetzte Arbeit am Wochenende verringerte den Termindruck. Die großzügigen Lohnzuschläge entschädigten die Angestellten.

Anika hopste auf ihren Bruder zu und umarmte ihn. »Tut`s noch weh?«, frage sie besorgt. »Es zieht nur noch ein bisschen, bloß, wenn Anton mit den Pfoten daran kratzt, schmerzt es wieder mehr.« Ben warf dem Hund einen strafenden Blick zu, lachte indes sofort, als der seinen Kopf zur Seite legte und erneut sein bedauerndes Fiepen hören ließ. Anika küsste ihren Bruder zärtlich auf die Wange. Und Anton wirbelte den Schweif durch die kühler werdende Luft des späten Nachmittags.

»Kommt, lasst uns ins Haus gehen«, schlug Franziska vor, »mir ist kalt und Ben ist sicher müde von der Aufregung, stimmt's?« »Ja«, sagte er verhalten und schlurfte langsam durch die Haustür hinein.

Auf Vater Klaus wollte niemand warten. Er würde, wie oft, reichlich spät heimkehren. Daran waren alle gewöhnt. Genauso wie an seine oft mürrische und herrische Art, die vom rauen Ton auf den Baustellen herrührte.

Die drei saßen am Küchentisch, derweil Anton sich in sein Körbchen am Fenster verkroch. Er knabberte eine Weile am Hundeknochen, grunzte auf und schlief ein. Ben kraulte ihm sein Fell und lächelte. »Ich lege mich jetzt auch schlafen«, meinte er, stand auf und stapfte die Treppe zum Obergeschoss in sein Zimmer hinauf.

Er schlüpfte in den Schlafanzug, den ihm Mutter Franziska feinsäuberlich gefaltet auf sein Bett gelegt hatte. Kaum hatte er sich zugedeckt, umfing ihn eine wohlige Wärme, deren Behaglichkeit ihn sanft in das

12

Reich der Träume hinüberzog. Ben war eingeschlafen.

Er wälzte sich unter der Bettdecke und Schweißperlen rannen von seiner kalkweißen Stirn. Sie durchnässten das hellblaue Kopfkissen und färbten es schwarz. Sein Atem holperte, so dass sich die Daunendecke ohne Rhythmus hob und senkte. Er erwachte und konnte soeben noch den Schrei unterdrücken, der aus der Kehle hervorbrechen wollte. Die tausend Messer, die sich im Traum in seinen Körper gebohrt hatten und das siedende Frittierfett im Gesicht peinigten ihn noch, als er allmählich in die Wirklichkeit des häuslichen Schlafzimmers zurückfand.

Ben stand auf und stakste auf wackeligen Beinen ins Badezimmer. Das eisige Wasser, das er sich mit beiden Händen ins Gesicht schaufelte, beruhigte ihn indes wenig. Das fahle Licht des Radioweckers auf dem Nachttisch zeigte 1:23. Ben kroch zurück ins Bett.

Grübelnd starrte er zur Decke. Niemand im Restaurant hatte ihn wegen seines Missgeschicks in der Küche zurechtgewiesen. »Wie konnte mir das nur passieren?«, grübelte Ben. Er erinnerte sich an die Panik, die ihn ergriffen hatte, als der Légumier herrisch nach dem Gemüse gerufen hatte. Das mulmige Gefühl von gestern kehrte zurück. Sein Herz raste.

2

Ben erinnerte sich an *Edelfische auf Blattspinat in Rote-Bete-Sauce*. Das war eines der Gerichte, deren Zubereitung Rainer Winzer ihm, Tobias und Jonas, den zwei anderen Kochnovizen, in dem einmal im Monat organisierten Praxisseminar *Kochen in der Alten Schule*, vorgeführt hatte.

Der Chef de Cuisine hatte sich als erstes weiße Einmalhandschuhe angezogen und erklärte: »Der Saft der Roten Bete färbt so intensiv, dass eure Finger die Farbe nicht mehr loswerden. Also, immer daran denken: Rote Bete nie ohne Schutz verarbeiten.« Er fasste die Knolle mit der linken Hand und schnitt an den beiden Polen je den Stiel- und Wurzelansatz ab. »Bitte nehmt dafür ein Messer mit glatter Klinge. Eines mit einer Säge reißt das Gemüse ein und es tritt zuviel vom Saft aus.«

Die abgetrennten Stücke warf Rainer Winzer in den Kompostbehälter. »Zurück zur Natur«, kommentierte er.

Er befreite die Knolle mit einem Sparschäler von ihrer harten Schale. Sie wanderte ebenfalls in den Kompost. Darauf schnitt Rainer Winzer das Gemüse in fingerdicke Scheiben und zerteilte sie in winzige Würfel. Er streifte die Handschuhe ab.

Aus dem Gemüsekorb griff er sich eine mittelgroße Tomate, legte sie ins Spülbecken und übergoss sie mit heißem Wasser. Er zog ihr die Haut ab, entfernte die Kerne und schnitt sie in winzige Stücke. Die filigranen Ringe, die er aus einer Lauchstange gezaubert hatte, dünstete der Chefkoch mit einem Schuss Olivenöl an. Er gab die Würfel der Roten Bete und die Tomatenstücke hinzu, löschte es mir einem Gemisch aus Gemüsebrühe und Weißwein ab und kochte es weich. Er goss alles in einen Mixer und pürierte es zu einem Brei, den er mit Sahne, Salz und Pfeffer abschmeckte.

Zuletzt gab er eine winzige Prise Zucker hinzu. »Herzhafte Zutaten bitte stets mit ein bisschen Süße entschärfen«, erklärte er, als er die erstaunten Blicke seiner Lehrlinge bemerkte. Darauf dünstete er Spinat in einer hochwandigen Pfanne an. In die hatte er zuvor eine Mischung aus einer kleingehackten Zwiebel und der Knoblauchzehe in Butter glasig gedünstet.

Das Ganze würzte er mit Salz, Pfeffer und Muskat, gab einen Schuss Sahne hinzu und ließ das Gemüse ein paar Minuten köcheln.

Als Fisch hatte der Chefkoch Stücke vom Zanderfilet und solche vom Seewolf gewählt. Sie waren mit ein wenig Zitronensaft und Salz mariniert. Er gab die Teile in eine Pfanne mit zerlassener Butter und briet sie auf allen Seiten behutsam an. Er füllte die Rote-Bete-Sauce auf die vorgewärmten Teller, legte den Spinat in die Mitte und garnierte darauf die Fischfilets.

Ben, Tobi und Jonas hatten die ganze Zeit über jeden Handgriff ihres Meisters gebannt verfolgt. Niemand hatte gewagt, eine Frage zu stellen oder etwa einen Einwand vorzubringen. Ben griff sich ein Herz und fragte: »Wodurch könnte man den Weißwein ersetzen? Es gibt ja Menschen, die keinen Alkohol vertragen?« »Gute Bemerkung«, erwiderte Rainer Winzer, »wir müssen uns immer auf Variationen einstellen. In solchen Fällen sollte die Küche einen herben Traubensaft zur Hand haben, den der Koch für eine oder mehrere Portionen verwendet.

Jetzt wollen wir aber speisen. Also, wer möchte ein Gläschen Wein und wer bevorzugt Saft?« Alle wollten Alkohol. Die Novizen setzten sich und ließen sich bedienen. Rainer Winzer beließ es nicht beim Essen.

»Wenn ihr einmal gute Köche werden wollt, zeigt stets Respekt und Achtung den Lebensmitteln gegenüber, mit denen ihr umgeht, alles Andere ist Handwerk. Das lernt ihr bei mir. Respekt ist Haltung. Die muss man haben«, gab er ihnen mit auf den Weg.

Mit einem Lächeln auf den Lippen schlief Ben wieder ein. Kein Alptraum quälte ihn.

3

Um 5:30 weckte ihn eine frostige Hundeschnauze. Anton war aufs Bett gesprungen und schnüffelte an seinen Füßen. »Lass das, du Dackel«, rief Ben lachend und zuckte unter den tierischen Kitzelattacken.

Doch der Hund war augenblicklich angestachelt und leckte ihm in einer Aufwallung zärtlicher Zuneigung das Gesicht. Schließlich tobten beide ausgelassen auf dem Bett. »Aua«, schrie er öfter und fasste sich an den Arm. Ben stand abrupt auf und marschierte Richtung Bad.

Der Hund schnappte noch nach seiner Schlafanzughose. Ben brachte mit einem energischen »Ist gut jetzt« das morgendliche Freundschaftsspiel zum Ende. Er hatte die Badezimmertür hinter sich geschlossen. Anton hockte sich davor und wartete bis Ben geduscht hatte. Seine Morgenroutine gestaltete sich schwieriger als gewohnt. Den verbundenen Arm vom Wasserstrahl fernzuhalten, gelang ihm mit Mühe. Obwohl er sich vorsichtshalber ein Handtuch um den Verband gewickelt hatte, war der feucht, wenn auch nicht komplett nass geworden.

Ben stapfte hinab in die Küche. Vater Herzog hatte sein Frühstück beendet. Er griff nach seiner Arbeitsjacke und dem gelben Schutzhelm. Sein benutztes Geschirr mit den Resten von Rührei und fettigem Speck ließ er auf dem Tisch stehen. Mutter Franziska, noch im Morgenmantel, hatte ihrem Ehemann das Frühstück zubereitet. Sie aß erst, wenn Klaus das Haus am frühen Morgen verlassen hatte, um zur Arbeit zu fahren. Die Hand auf der Klinke, drehte der sich zu Ben um und sprach ihn an: »Du solltest es dir überlegen. Lerne Maurer oder ein anderes Bauhandwerk in der Firma, studiere dann auf Bauingenieur und werde mein Nachfolger. Als Koch landest du ohnehin nur in einer besseren Pommesbude. Willst du das?«

Vater Klaus knallte die Tür hinter sich zu und verließ das Haus. Mit ausladenden Schritten eilte er zum Auto und fuhr mit kreischenden Reifen davon.

Franziska und Ben schauten sich betreten an. Anton winselte. »Warum hörst du nicht auf deinen Vater, so unrecht hat er nicht.« »Ich will Koch werden, nichts anderes«, entgegnete Ben trotzig, brach das Coissant, das ihm seine Mutter reichte, in zwei Teile und bestrich die beiden Enden mit Butter und Honig, begleitet von einem kräftigen Schluck vom Café au Lait.

Seit der Lehre in der Alten Schule bevorzugte er ein französisches Frühstück, an dessen simple Zubereitung sich seine Mutter bereitwillig gewöhnt hatte. Oft fand Ben zusätzlich ein Stück Brie oder Camembert auf dem Frühstückstisch. Den Weichkäse kaufte sie bei einem

Feinkosthändler im Ortsteil Friedrichshagen. Ein »Merci Maman« ihres Sohnes schmeichelte Franziska.

Und sie streichelte ihm zärtlich über seine Wange. Ben drehte sich regelmäßig zur Seite und entzog sich ihrer Hand. Öfter entfuhr ihm ein »Lass das, Mama«. Die Mutter ließ darauf den Kopf hängen, schaute zu Boden und ihre Augen füllten sich mit Tränen. Ben übersah das normalerweise. So auch heute.

4

Er stand vom Frühstückstisch auf und griff nach der Hundeleine an der Flurgarderobe. Anton, der das sofort bemerkt hatte, bellte freudig erregt und sprang an ihm hoch. »Ja, Hund, geht gleich los«, versuchte er, den Familiendackel zu beruhigen, der sich vor lauter Begeisterung wie wild um die eigene Achse drehte. Ben packte ihn am Halsband und legte ihm die lederne Leine an. Anton ließ es bereitwillig geschehen. Das heftige Wedeln seines Schwanzes zeugte weiter von der Vorfreude auf einen Waldspaziergang in den Püttbergen, die sich nur wenige Gehminuten von der Heidelandstraße entfernt in einem ausgedehnten Waldgebiet erstreckten.

Er ließ Anton an der langen Leine Richtung Forst laufen. Der sprang zunächst munter davon. In der nächsten Umgebung des Hauses gab es für ihn kaum etwas Neues zu erschnuppern, wenngleich er an dem einen oder anderen Gebüsch, Baum und Laternenpfahl vorsorglich seine Duftmarke hinterließ.

Am Waldrand angekommen, fasste Ben den Hund kürzer. Im Forst geschah es nicht selten, dass eine Rotte Wildschweine den Weg kreuzte. Und der mutige kleine Jagdhund würde knurrend und laut bellend auf sie losstürzen und vermutlich tapfer im Gefecht fallen. Ben zog sich vor den Schwarzkitteln stets vorsichtig zurück und versuchte, erst gar nicht deren Aufmerksamkeit zu erregen.

Diesmal, am hellen Vormittag, zeigten sich die gefährlichen Biester zunächst nicht. Der aufgewühlte Waldboden zeugte indes von regem Treiben in der vergangenen Nacht. Anton sprang mit heftig wedelndem Schwanz auf jeden Erdklumpen zu, den er mit straff gezogener Leine erreichen konnte. Er schnupperte und markierte.

Als er plötzlich aufgeregt bellte und am Halsband zerrte, bemerkte Ben schemenhaft durch die dicht stehenden Eichen, Kiefern und Buchen eine Rotte, die, wie es schien, friedlich den Boden nach Engerlingen, Pilzen, Wurzeln und Insekten durchwühlten. Bevor die massigen Tiere die zwei Spaziergänger bemerkt hatten, drückte Ben Antons Schnauze zu, packte ihn am Halsband, wandte den Wildtieren den Rücken zu und setzte behutsam Schritt vor Schritt dem Waldrand entgegen. Das deutlich vernehmbare Knacken eines Astes unter den Füßen ließ Ben erstarren. Seine Knie zitterten. Er drehte sich in Richtung der Wildschweine. Sie blieben unbeeindruckt und hielten ihre Köpfe gesenkt und wühlten weiter den Waldboden auf. Ben atmete tief ein. Anton knurrte widerwillig, aber gehorchte dann doch. Beide verließen den brenzligen Ort. Ben mit ausholenden, behutsam gesetzten Schritten. Den Hund zog er mit sich, den es immer noch gelüstete, den ungleichen Kampf mit den wilden Tieren aufzunehmen. »Das war knapp«, flüsterte er und kraulte Antons Ohren.

Sie hatten bald die ersten Häuser jenseits des Waldes erreicht. Der Dackel vergaß die Wildschweine und begrüßte mit fidelem Gebell und wild wedelndem Schweif seine Hundefreunde aus der Nachbarschaft.

Von einem nahe gelegenen Grundstück an der Straße *Am Schonungsberg* kam im gestreckten Galopp der Labradorrüde Carlo angerannt. Anton und ihn verband eine spezielle Freundschaft, seit der ihn vor dem Angriff eines fiesen Pitbulls beschützt hatte. Damals stellte er sich mit seinem massigen Körper vor den zierlichen Dackel. Der heranrasende Kampfhund verlor Anton aus den Augen und stoppte den Angriff. An Carlo traute er sich nicht heran. Labrador und Teckel begrüßten sich mit einem immer wiederkehrenden Ritual. Sie stürmten aufeinander los, liefen umeinander und beschnupperten sich. Dann setzte sich der Große auf den Boden und Anton sprang auf seinen Rücken. Zusammen spazierten sie huckepack einige Male die Straße rauf und wieder runter. Der Dackel quiekte vor Vergnügen und Carlo brummte gutmütig.

Ben hatte sich die Vorführung ein paar Minuten angesehen, pfiff dann, woraufhin Anton vom Rücken des Freundes sprang und zu seinem Herrchen gelaufen kam. Ben kraulte Carlos Nacken, hakte die Hundeleine ins Halsband und schlenderte mit dem Dackel nach Haus. Hinter ihnen erklang das Abschiedsgebell der Hundekumpel.

5

Bens Wunde heilte schnell. Die regelmäßigen Spaziergänge mit Anton rund um den nahen Müggelsee oder in den Wäldern vor der Haustür trugen das ihrige bei. Seine Hausärztin, Dr. Michel, schrieb ihn gesund und arbeitsfähig, und nach einer knappen Woche kehrte er zurück ins Restaurant *Alte Schule.*

»Hallo Ben, schön dass Du wieder fit bist. Es geht gleich weiter.«

Der Chef de Cuisine hielt ihm eine frisch gefangene Forelle hin. »Wir brauchen für unsere verschiedenen Vorspeisenteller so viele Filets wie möglich. Fang schon mal an.« Ben hatte, bevor er sich bei Rainer Winzer zurückmeldete, die Kochkluft aus weißer Jacke, Pepitahose, schwarzen Schuhen, Käppi, Halstuch und Touchon, angezogen. Er eilte zu seinem Arbeitsplatz.

Er legte den Fisch vor sich auf das Schneidbrett, nahm das extrascharfe, lange Filetiermesser aus der Besteckschublade. Ben setzte es unterhalb des Fischkopfes an und trennte ihn mit einem kräftigen Druck ab. Mit der linken Hand hielt er die ausgenommene Forelle in einer Position fest, in der er die Klinge problemlos an ihrem Rückgrat ansetzen konnte. Mit einem beherzten Schnitt öffnete er den Fisch. Seine Finger zog er stets rechtzeitig vor der gefährlichen Schneide zurück. Die noch enthaltenen Gräten trennte Ben heraus, bis er die eine Hälfte der Forelle zu einem sauberen Filet verarbeitet hatte. Mit dem zweiten Teil verfuhr er ebenso und in wenigen Minuten lagen zwei fertige Stücke vor ihm.

Rainer Winzer, der ihn aus einiger Entfernung beobachtet hatte, trat hinzu. »Sehr ordentliche Arbeit, besser hätte ich es auch nicht hinbekommen.« Ben lächelte und holte zweimal tief Luft. »Du bist jetzt reif für unsere *Olympiade*«, ergänzte Rainer Winzer. »Mach dir schon mal ein paar Gedanken«. Der Küchenchef meinte damit den von ihm ins Leben gerufenen internen Kochwettbewerb der *Alten Schule*. Alle Kochazubis, hatten daran kurz vor ihrer Abschlussprüfung teilzunehmen. Verlangt wurde ein selbst entwickeltes, dreigängiges Menü aus Vor-, Haupt- und Nachspeise. Sämtliche Zutaten und benötigten Geräte stellte die *Alte Schule* zur Verfügung.

Gerichte aus der eigenen Speisenkarte nachkochen durften sie nicht. Es drohte die sofortige Disqualifizierung. So stand es in den Statuten des Wettbewerbs. Niemand hatte bislang dagegen verstoßen. Allein der Gedanke daran ließ den Novizen die Schamesröte ins Gesicht steigen.

Verbissen grübelte Ben in den folgenden Tagen über eine Speisefolge nach. Eine *Zitronen-Spitzkohlsuppe* als

Vorspeise, dann zum Hauptgericht eine *Blumenkohl-Pasta* und zum Schluss eine *Maronencrème mit Vanille aus der Schote* schien ihm zu sehr auf den Kohl konzentriert.

Eine *Tomatensuppe, Spaghetti carbonara und Tiramisu* empfand Ben als zu gewöhnlich, ja, fast schon ordinär. Einem Haus wie der Alten Schule nicht angemessen. Kam nicht in Frage. Er verwarf es.

Am Abend ließ er Anton wieder an der langen Leine laufen. Carlo kam herangeprescht und die beiden Hundefreunde vollzogen ihr Begrüßungsritual. Diesmal war auch Ben mit einbezogen. Der Labrador sprang an ihm hoch und seine Zunge fuhr ihm durchs Gesicht. Antons Herrchen war genauso Carlos Freund. Ben nahm den massigen Kopf in beide Hände und kraulte ihm die Ohren. Der Rüde quittierte das mit einem treuen Blick in Bens Augen.

»Du erinnerst mich an Balzac, Brunos Hund«, murmelte der vor sich hin und seine Gedanken schweiften zu den Krimis über die Fälle eines Dorfpolizisten aus dem südwestfranzösischen Périgord. Bruno, chef de police von St. Denis verkörpert einen fähigen Ermittler, Gourmet und ausgezeichneten Koch, der mit seinen Gerichten stets begeisterte.

Und aus denen, so fiel es Ben jetzt ein, würde er sich eines für die *Olympiade* wählen. Er kehrte um und eilte zurück nach Haus. Verfolgt von Carlos fragendem

Blick. Anton stemmte seine kurzen Dackelbeine gegen die Laufrichtung, bellte laut und richtete ein sehnsüchtiges Augenpaar dem nahen Forst entgegen. Es half ihm nichts. »Ja, Dackel, ich weiß, du willst in den Wald, ich aber zu meinen Büchern.«

Zuhause angekommen, rannte Ben die Treppe hinauf in sein Zimmer und fischte sich aus dem Regal den ersten Band aus der Reihe *Bruno, Chef de Police*. Er blätterte durch die Kapitel, überflog die Seiten und suchte fieberhaft nach der Stelle, in der der Gourmet zwei befreundete Damen eines Abends zum Essen eingeladen hatte. Ben erinnerte sich vage an die Speisefolge. Er hatte sich vorgenommen, es für die *Olympiade* nachzukochen.

Er suchte eine Stunde und stieß im letzten Drittel des Romans auf *Kartoffel-Lauchsuppe mit knusprigem Brot, kross gebratener Putenleber mit frischen Trüffeln an Wildreis*. Zum Dessert servierte Bruno seinen Freundinnen *Vanilleeis mit heißen Kirschen*. »Ja, das ist es«, jubelte Ben.

»Die Geflügelleber knusprig zu bekommen und zugleich ihr zartes Gefüge zu erhalten, wird nicht so simpel sein«, vermutete er.

»Morgen ist Freitag«, überlegte Ben, »da kann mir Mutter die Putenleber und das Gemüse auf dem Markt in Friedrichshagen kaufen, das Brot beim Bäcker, den passenden Wein findet sie im Weinladen am Müggelseedamm. Alles Andere bekommt sie hoffentlich im Supermarkt«. Ben hatte sich vorgenommen, das Gericht zur Probe für die Familie vorab zu kochen.

Er lief hinab ins Erdgeschoss, fand Mutter Franziska in der Küche und erzählte ihr von seinen Plänen. »Prima Idee, ich hole dir die Zutaten, wenn du mir genau aufschreibst, was du benötigst.« »Danke, Mama«. Und Ben gab ihr einen dicken Kuss auf die Wange. Franziska strahlte. »Vielleicht überzeugst du damit sogar deinen Vater, und ich brauche am Sonntag nicht zu kochen.«

Ben rannte sofort wieder nach oben, um den Einkaufszettel zu schreiben.

Er notierte: ein Kilo festkochende Kartoffeln, zwei Stangen Lauch, 20 Gramm schwarze Trüffel aus Frankreich, ein Pfund frische Putenleber, ein Glas entsteinte Kirschen, eine große Portion Vanilleeis und ein Päckchen Wildreis.

Zwiebeln, Knoblauch, Öl, Milch, Butter und gekörnte Brühe gab es bei Familie Herzog im Kühlschrank oder im Vorratskeller.

6

Es war Freitagmorgen. Franziska steckte Bens Einkaufszettel ins hintere Fach ihres Portemonnaies, nahm ihre größte Einkaufstasche von der Flurgarderobe und zog ihren leichten Sommermantel an. Sie stieg in ihren »kleinen Tschechen«, wie sie liebevoll den Skoda Citigo nannte, den Klaus ihr geschenkt hatte. Mit »Weil du auch mal rauskommen sollst«, garnierte er seine gönnerhafte Gabe.

Sie fuhr los nach Friedrichshagen und steuerte den Parkplatz des Edeka-Marktes an. Die vorgeschriebene Parkscheibe ins Fenster zu legen, vergaß sie.

Franziska holte sich einen Einkaufswagen aus der Station und schob ihn in den Supermarkt. Der Reis war schnell gefunden. Bloß die Suche nach den Trüffeln gestaltete sich schwieriger. »Wo finde ich hier Trüffel?«, sprach sie eine Mitarbeiterin an, die damit beschäftigt war, das Tiefkühlregal aufzufüllen. »Dort vorne bei den Gemüsekonserven«. Nach einigem Suchen fand sie ein paar Gläser mit Edelpilzen aus Italien, aber keine aus dem französischen Périgord.

Und nur die tauchten in Brunos Rezepten auf. Ben hatte auf solchen bestanden. Franziska griff trotzdem zu. Doch dann stellte sie das italienische Glas zurück ins

Regal. Ben wäre enttäuscht. »Das möchte ich ihm nicht antun«.

»Was suchen Sie denn Spezielles?«, hörte sie einen älteren Herrn hinter sich fragen. »Trüffel aus dem Périgord«, antwortete Franziska mit verzagter Stimme, die klang, als habe sie längst aufgegeben. »Hier auf der Bölschestraße gibt es einen Feinkostladen, da finden Sie bestimmt, wonach Sie suchen«. »Oh, danke«, meinte Mutter Herzog, »da werde ich gleich mal hingehen. Wo genau finde ich das Geschäft?« »In der Bölschestraße 108, hier gleich am Wochenmarkt.« »Vielen Dank, das ist super, auf den Markt muss ich eh noch«, rief Franziska aufgeregt.

Mit eiligen Schritten überquerte sie die Straße am Fußgängerüberweg, sah sich um und entdeckte den »Feinkostladen«. Sie trat ein und fragte nach Trüffel aus dem Périgord. »Ja, da haben wir ein paar Gläser, sie sind gerade frisch aus Frankreich eingetroffen. Wieviel brauchen Sie?« »Na, so zwanzig Gramm«, erwiderte Franziska. »Die frischen und ganzen habe ich nur in 50-Gramm-Gläsern antwortete der Verkäufer. Sie sind aber die besten, die ich Ihnen anbieten kann.« »Okay, nehme ich«, entgegnete Mutter Herzog sofort.

»Da wird sich Ben freuen«, sagte sie zu sich und eilte auf den Wochenmarkt, dessen Besucher schon kurz nach Eröffnung die wenigen lohnenswerten Stände umlagerten. Vor dem ihr bekannten und geschätzten Geflügelstand hatte sich eine lange Kundenschlange gebildet.

Franziska stellte sich an. »Hähnchenleber oder die von der Pute?«, fragte die Verkäuferin und ergänzte: »Putenleber gibt es in größeren Stücken und sie schmeckt herzhafter als die Hähnchenleber.« Bens Mutter griff zu. Nur Kartoffeln und Lauch standen noch als offene Posten auf ihrem Zettel, den ihr Ben gegeben hatte. Beides bekam sie ohne Verzögerungen und mit kurzen Wegen über den Markt.

Mit dem befriedigenden Gefühl, alles für Bens Gericht eingekauft zu haben, lief sie wieder zurück zu ihrem *Kleinen Tschechen* und setzte sich hinters Steuer. Beim ersten Blick durch die Windschutzscheibe entdeckte sie einen grellgrünen Zettel unter dem Scheibenwischer. Seufzend stieg sie wieder aus und las die Zahlungsaufforderung über dreißig Euro, weil sie ohne gültige Parkscheibe ihr Auto abgestellt hatte. Es ärgerte sie indes kaum. »Ein paar mehr Trüffel wären jetzt auch noch drin gewesen«, meinte sie schmunzelnd bei sich und fuhr los.

Den Wein hatte sie vergessen. Sie verließ die Bölschestraße und bog nach links auf den Müggelseedamm. Franziska beschleunigte und erblickte aus den Augenwinkeln den Weinladen. Sie bremste und steuerte ihr kleines Auto hektisch in die Scharnweberstraße, begleitet von einem wilden Hupkonzert der hinter ihr fahrenden Autos, die einen Auffahrunfall im letzten Moment verhinderten. Reumütig hob sie ihren Arm zur Entschuldigung aus dem Seitenfenster, parkte ein, lief ein paar Meter zurück und betrat den Laden.

Überwältigt vom Anblick unzähliger Flaschen in Kisten und Regalen, schaute sie sich hilfesuchend um. »Wie kann ich Ihnen helfen?«, vernahm sie eine freundlich klingende Stimme. »Ja, ich suche einen trockenen französischen Weißwein.« »Als Begleiter zum Essen?« »Ja, bitte.« »Welcher Art?« »Mein Sohn kocht am Sonntag Geflügelleber mit Reis und Pilzen.«

»Okay, dann empfehle ich Ihnen einen Pinot Blanc vom Weingut Jean Geiger aus dem Elsass. Der hat wenig Säure und unterstreicht den Geschmack der Speisen, ist selbst aber nicht so dominant, dass er deren Charakter überdeckt.« »Gibt es auch gute Weißweine aus dem Périgord?« »Eher nicht, dort überwiegen die Roten.« »Okay, dann nehme ich den aus dem Elsass.« »Gern, wie viele Flaschen sollen es sein?«

»Wir sind zu vier Personen.« »Na, dann sollten es mindestens zwei sein. Eine enthält 0,7 Liter.« »In Ordnung, ich nehme vorsichtshalber drei.« »Gut, ich packe sie in einen dekorativen Karton. Vergessen Sie bitte nicht, die Flaschen frühzeitig vor dem Essen zu öffnen und in den Kühlschrank zu stellen. Der Wein muss atmen können und kalt auf den Tisch kommen. So schmeckt er am besten.« Franziska bedankte sich, zahlte knapp 22 Euro, nahm den Karton und verließ das Geschäft.

Zuhause verteilte sie ihre Einkäufe. Kartoffeln und Lauch brachte sie in ihren Vorratskeller, Putenleber, die Edelpilze und der Wein wanderten in den Kühlschrank. Der Reis zu Nudeln und Mehl in die dafür vorgesehene Schublade der Einbauküche.

»Jetzt kann Ben zeigen, was er gelernt hat«, meinte sie zu sich, setzte sich an den Küchentisch, holte das Croissant, das sie auf dem Rückweg beim Bäcker in Rahnsdorf gekauft hatte, aus ihrer Handtasche und gönnte sich ein zweites Frühstück.

7

Ben kam nach Hause. Anton huschte aus dem Korb, rannte auf den kurzen Dackelbeinen zu ihm und sprang an ihm hoch. Streicheleinheiten gab es diesmal nicht. »Hast du alles bekommen?«, bestürmte Ben seine Mutter. »Ich denke schon«, erwiderte Franziska, »schau in den Kühlschrank, Kartoffeln, Lauch und Trüffel habe ich ins Gemüsefach gelegt, der Reis liegt in der Küchenschublade.« Ben kontrollierte eilends die Einkäufe. »Ja«, sagte er, »ist alles okay, danke.« Seine Mutter lächelte zufrieden.

Ben öffnete das Glas mit den Edelpilzen, senkte die Nase hinein und sog den Duft genüsslich in sich ein. Anton hatte es nicht geschafft, etwas von dem für ihn köstlichen Geruch zu erhaschen. Ben verschloss das Gefäß wieder sorgfältig und stellte es an den kältesten Ort im Kühlschrank, direkt über die Gefrierkombination. Dort herrschte eine Temperatur von etwa vier Grad. So hatte er es von Rainer Winzer gelernt. Der Dackel trottete enttäuscht zurück zu seinem Schlafplatz und gab ein trauriges Fiepen von sich. »Tut mir leid, Anton, aber das ist jetzt nichts für dich«, meinte Ben entschlossen und vergewisserte sich, dass der Kühlschrank fest verschlossen war.

Franziska schaute ihrem Sohn dabei zu, wie der routiniert und überzeugt zu Werke ging.

»Er wird sicher mal ein guter Koch«, kam ihr in den Sinn. Sie sagte aber nichts.

»Ich mach dann mal `ne Runde mit dem Hund«, Ben verließ die Küche und griff nach der Leine an der Garderobe. Anton, dessen Augen wie immer gebannt auf Ben gerichtet waren, war aufgesprungen und erreichte den Flur, ehe sein Herrchen den Strick in Händen hielt.

Mit dem Hund am Seil marschierte er diesmal Richtung Müggelsee. Er wählte den kürzesten Weg über den Fürstenwalder Damm. Die arg befahrene Durchgangsstraße bot ihnen zunächst kein Naturerlebnis. Ben lief strammen Schrittes voran, um rasch das Wald- und Seegebiet rund um das Strandbad zu erreichen. Dort gab es bizarre Baumformationen und sandige Buchten, die sich ins sacht plätschernde Wasser ergossen.

Ben schätzte das schon fast mediterrane Flair. Hier war ihm, unter den imposanten Kronen der Kiefern, die eine oder andere Idee für ein Fischgericht mit dem heimischen Hecht, Barsch, Aal und Zander gekommen. Ben beschleunigte seine Schritte. Anton hatte Mühe, ihm mit den kurzen Dackelbeinen zu folgen. Die Hundeleine spannte sich mehrfach stramm und das Halsband drohte ihn zu würgen. Der Hund heulte auf und Ben verlangsamte sein Tempo bis Anton wieder Schritt halten konnte.

So erreichten sie nach einer knappen halben Stunde die wildromantische Gegend um den See. »So, mein Lieber, jetzt kannst du rennen, wie du möchtest.« Er beugte sich zum Dackel nieder und löste dessen Leine. Der kleine Hund rannte gleich los und seine kurzen Beine wirbelten den Sand auf. Er schnupperte und markierte unentwegt.

Hier am Seeufer ließ Ben den Freund frei umhertoben. Wildschweine, die ihm hätten gefährlich werden können, gab es nicht. Die scheuten die vielen Spaziergänger, die den sonnigen Tag im Schatten des Waldes genossen. Ben setzte sich auf den Stamm eines umgeknickten Baumes und schaute hinaus auf den See.

Die untergehende Sonne tauchte den Müggelsee in ein goldenes Licht und in Ben breitete sich eine sorgenvolle Stimmung aus. Das Kochen für die Familie am bevorstehenden Sonntag, geplant als Generalprobe für die Olympiade in der *Alten Schule* rumorte im Magen. Überzeugte er seinen Vater, dessen ewige Nörgelei am Kochberuf ihn mehr bedrückte als er sich eingestand?

Er presste die rechte Hand auf den Bauch. Die Angst setzte sich fest. Der Dackel kam herangestürmt, bellte ausgelassen und leckte ihm das Gesicht. Ben nahm Antons Kopf und drückte einen Kuss auf seine Stirn. Der Hund grub die Schnauze in Bens Achselhöhle. Sie blieben eine Zeitlang sitzen und blinzelten in die Abendsonne, die allmählich glutrot hinterm Horizont des Müggelsees verschwand. Eine kühle Brise strich über die beiden hinweg.

Ben fröstelte. Er kraulte die Ohren seines Freundes, stand auf, schaute ein letztes Mal auf den See und stapfte dann auf dem sandigen Boden Richtung Fürstenwalder Allee. Anton schnupperte Heimatluft und folgte ihm mit wedelnder Rute.

Nach zwanzig Minuten bogen sie in die Heidelandstraße ein und traten ins Haus. Ben zog die Kühlschranktür auf, nahm das Glas mit den Trüffeln, öffnete es und senkte abermals seine Nase hinein. Es roch leicht modrig wie ein feuchter Waldboden mit einer dezenten Beimischung von Knoblauch. Ben lächelte, verschloss es rasch wieder und stellte das Gefäß zurück ins Kühle.

Am frühen Vormittag des folgenden Sonntags zog sich Ben seine Kochkluft an. Eine frische Garnitur hatte er stets im heimischen Kleiderschrank. Er holte die Kartoffeln, Zwiebeln, Knoblauch und den Porree aus dem Vorratskeller. In der Küche suchte er sich das größte und stabilste Schneidbrett und legte es auf die Arbeitsplatte. Dann entkorkte er den Wein und stellte die Flaschen zurück in die Kühlung.

Ein kleines Schälmesser fischte er aus der Besteck-schublade, in der er sogar ein großes Kochmesser fand. So ausgestattet, griff er sich eine Kartoffel, hielt sie unter kaltes Wasser und schälte eine nach der anderen und legte die Knollen erst einmal in einen Topf, den er zu einem Viertel mit Leitungswasser gefüllt hatte. Dann schnitt er sie in Würfel und warf sie zurück in den Kochtopf und deckte ihn zu.

Von Rainer Winzer hatte er gelernt, geschälte Kartoffeln nie lange an der Luft zu lassen. »Sie werden braun und unansehnlich«, hatte er seinen Lehrlingen eingeschärft.

Mit der Klinge des breiten Messers zerdrückte er eine mächtige Knoblauchzehe und schob sie mit dem Messerrücken an den Rand des Schneidbrettes. Den Porree schnitt er an der Längsseite auf und wusch ihn unter fließendem Wasser. Kein Körnchen Sand blieb zurück. Er teilte das Gemüse in kleine Ringe, von denen er ein paar zur späteren Dekoration beiseitelegte. Er schälte und hacke zwei mittelgroße Zwiebeln und schob sie zum Knoblauch an den Rand des Schneidbretts.

Das gesamte Grünzeug, einschließlich der Kartoffelwürfeln, gab er in einen zweiten, größeren Topf, auf dessen Boden er eine Mischung aus Öl und Butter erhitzt hatte. Er dünstete alles an, rührte ein paarmal um, bis die Zutaten fettig glänzten. Ben salzte, pfefferte und streute eine Prise Zucker darüber. Er goss Milch und Gemüsebrühe hinzu. Genau in der Menge, dass die Flüssigkeit das Gemüse soeben bedeckte, schob den Deckel auf den Topf und ließ die Mischung etwa eine Viertelstunde köcheln.

Inzwischen hatte er sich den Pürierstab aus Franziskas Geräteschublade gekramt und an die Steckdose angeschlossen. Ben prüfte mit dem Schälmesser den Garzustand der Kartoffelstücke, senkte den Stabmixer in die Flüssigkeit und pürierte sie zu einer sämigen Masse. Sie war ihm beim ersten Anlauf zu dick geraten. Mit etwas Milch und Brühe erreichte er eine Konsistenz, die ihm zusagte. Die Suppe setzte seinem Kochlöffel nur noch einen geringen Widerstand entgegen. Ben griff sich einen Esslöffel und probierte. Er rieb eine Prise Muskat hinein, rührte nochmals um und ließ den ersten Gang ein letztes Mal über Zunge und Gaumen gleiten. Mit zufriedener Mine nahm er den Topf vom Herd und stellte ihn auf ein Abkühlgitter.

Um das Brot frisch zu halten, wickelte er den noch nicht angeschnittenen Laib in ein angefeuchtetes Küchentuch und brachte ihn in den kühlen Keller. Die Mutter hatte ihm aus Friedrichshagen ein kräftiges Mischbrot aus Roggen- und Weizenmehl mitgebracht.

Ben holte die Geflügelleber aus dem Kühlschrank und spülte sie unter fließendem Wasser. Mit dem Schälmesser schnitt er einige Sehnen und überflüssiges Fett heraus und trocknete die Innereien auf einem Küchenkrepp.

Ben erhitzte ein Stück Butter und einen Schuss Olivenöl in einer beschichteten Pfanne. Er prüfte den Hitzegrad, indem er ein hölzernes Pfannenmesser hineinhielt und wartete, bis sich Bläschen an ihm bildeten. Dann legte er die Geflügelleber hinein und briet sie kräftig an. Es spritzte so heftig, dass er einen Schritt vom Herd zurücktrat, um das heiße Fett nicht ins Gesicht zu bekommen.

Er reduzierte die Hitze und nach einer Weile beruhigten sich die Explosionen. Die Leber war außen kross, aber innen roh. Das irritierte Ben nicht. Er nahm das Fleisch heraus und stellte es auf einem Teller beiseite.

In dem zurückgebliebenen Sud der Geflügelleber dünstete er die kleingeschnittene dritte Zwiebel mitsamt dem Knoblauch leicht an, goss einen Becher Sahne hinein und garte darin die Leber bei geringer Hitze durch. Er nahm ein kleines Stück von den Trüffeln aus dem Glas im Kühlschrank und raspelte es mit der Muskatreibe hinzu. Er behalf sich damit, weil es in der Herzog`schen Küche keinen speziellen Hobel für die Edelpilze gab.

Mit dem Reis wartete er bis sich Franziska, Schwester Anika und Vater Klaus zum Essen versammelt hatten. Mit dem Dessert verfuhr er ebenso. Er nahm eine Flasche Pinot Blanc, goss sich einen winzigen Schluck in ein

Wasserglas und ließ den Wein über Zunge und Gaumen gleiten. »Passend«, murmelte er.

»Wann führst du uns deine sogenannte Kochkunst vor?«, fragte Klaus mit spöttischem Lächeln. »In einer halben Stunde ist alles fertig«, erwiderte Ben. »Na, dann bin ich aber mal gespannt«, sagte der Vater, »obwohl ich mich mehr auf Mutters Schweinebraten gefreut hatte.« »Na, lass den Jungen doch mal zeigen, was er in Potsdam gelernt hat«, warf Franziska ein. Und Anika schickte einen vorwurfsvollen Blick zu ihrem Vater. Klaus schwieg jetzt.

Ben setzte den Reis auf. Seine Hände zitterten leicht, als er ihn mit zwei Kaffeetassen abmaß und in den Topf füllte, Salz hinzugab und mit der etwa doppelten Menge Wasser auffüllte. Er wartete, bis es sprudelnd kochte, und reduzierte die Hitze auf ein Minimum. Der Reis simmerte jetzt und war nach einer Viertelstunde servierfertig.

Für einen feineren Geschmack gab Ben ein Stück Butter hinzu, das mit den Getreidekörnern verschmolz und sein zartes Aroma an sie abgab.

Ben rief seine Familie zu Tisch, derweil Anton aufgeregt schnuppernd in der Küche umherlief. »Ja, Dackel, für dich finden wir auch noch einen Leckerbissen.« Er schnitt ein winziges Stück Leber ab, fischte es aus der Pfanne, blies es kühl und reichte es Anton, der mit wild wedelndem Schwanz danach schnappte.

Ben füllte vier vorgewärmte Schalen mit der mittlerweile wieder erhitzten Suppe und stellte sie auf den Tisch. Anika assistierte ihm. Ben nahm die Kochmütze vom Kopf. »Guten Appetit«, wünschte er und erhob sein Glas mit dem kühlen Pinot. »Na, hoffentlich«, meinte Klaus, der erneut strafende Blicke von Frau und Tochter erntete.

Nach den ersten Löffeln, die sich die Familie in den Mund geschoben hatte, trat Stille ein im Esszimmer. »Na okay, für den Anfang gar nicht übel«, ließ sich der Vater vernehmen und biss herzhaft vom Brot ab. Ben atmete auf und ein fast nicht wahrnehmbares Lächeln umspielte sein Gesicht.

In der Küche füllten Anika und ihr Bruder das Hauptgericht aus Geflügelleber und Reis auf die im Backofen aufgewärmten flachen Teller. Das Geschirr war heiß geworden und beide griffen es mit schützenden Topflappen. Bevor sie das Gericht ins Esszimmer trugen, rieb Ben über jede Portion eine gehörige Menge Trüffel.

Klaus rümpfte die Nase. Er verabscheute Innereien. »Probier doch wenigstens«, stupste ihn Franziska an. Widerwillig nahm er eine Kleinigkeit auf die Gabel und führte sie zögernd zum Mund. Er kaute vorsichtig, während sich sein Gesicht entspannte und er das Besteck ein zweites Mal vollud. Er ließ ein leises, aber vernehmliches »Mmh« hören und leckte sich die Lippen. »Hast du noch `nen Teller davon, Ben«, fragte er seinen Sohn, der strahlend »na klar, Vater« erwiderte und in die Küche eilte, um eine zweite Portion zu holen.

Nach dem Vanilleeis mit heißen Kirschen hob Klaus sein Glas, das fast ausgetrunken war und sprach anerkennend »Ja, Ben, ich denke, aus dir wird mal ein ausgezeichneter Koch, ein guter bist du jetzt schon. Hier hat alles gestimmt, vielen Dank.« Ben sank in seinen Stuhl zurück und strahlte übers ganze Gesicht.

Er rannte in die Küche, schaltete die Espressomaschine an und servierte jedem eine Tasse. Gemeinsam schlürfte die Familie den bitteren Kaffee und Klaus fragte: »Ben, erzähl doch mal, wie es in so einer Restaurantküche zugeht.«

»Heiß und hektisch«, antwortete der. Der Vater nickte, stand auf, schlenderte hinüber zu seinem Sohn, legte ihm die Hand auf die Schulter und sagte: »Du solltest öfter für uns kochen, aber lass deine Mutter auch mal wieder ran, bei ihr schmeckt es mir nämlich auch sehr gut.« Franziska lächelte und Klaus verabschiedete sich zum sonntäglichen Mittagsschlaf.

Anika und ihr Bruder trugen Geschirr und Besteck in die Küche und beluden den Geschirrspüler. Die feinen Weingläser, Töpfe und Pfanne reinigten sie per Hand. Franziska bot ihre Hilfe an, aber Tochter und Sohn lehnten ab. »Wir hatten doch einen freien Tag für dich verabredet«, erinnerte Ben sie. Anika pflichtete ihm bei. »Wenn ihr meint, dann gehe ich jetzt mit Anton eine Runde«, fügte sich die Mutter, wandte sich zur Flurgarderobe und griff nach der Leine.

Der Familiendackel sprang aus seinem Korb und rannte zur Ausgangstür und kratzte an der Scheibe. »Ja, ja, ich komm ja schon«, rief die Mutter ihm ungehalten zu. Anton zog den Schwanz ein und ließ sich anleinen. Folgsam trottete er mit Franziska durch die verschlafene Siedlung in der Stille des sonntäglichen Nachmittags. Instinktiv markierte er hier und da sein Revier. Zu ungestümen Reaktionen kam es nicht. Die Rute bewegte sich in gleichförmigem Takt.

Nach zwanzig Minuten kehrten Hund und Frauchen zurück ins Haus. Anton sprang in seinen Korb und schlief ein.

In der Küche hatten Anika und ihr Bruder inzwischen die letzten Reste von Bens Küchenschlacht beseitigt. Die Spülmaschine versah brummend und gurgelnd ihren Dienst. Herd und Arbeitsplatte glänzten.

Am darauffolgenden Montag fuhr Ben wie gewöhnlich wieder mit der S-Bahn von Rahnsdorf nach Potsdam. Rainer Winzer hatte den Auszubildenden zum Spätdienst eingeteilt. In der Woche begann sein Dienst in der Küche am Nachmittag um 15:00 Uhr und endete um 23:00 Uhr. Gegen 14:45 Uhr erreichte er die *Alte*

Schule und eilte schnellen Schrittes zu seinem Spind. Er zog sich die Kochkluft an und meldete sich bei Rainer Winzer zum Dienst. »Ist gut, mein Junge«, begrüßte ihn der Küchenchef. »Der Laden ist voll. Wir brauchen jede Menge Desserts. Du fängst bitte mit vier Portionen *Heiße Birne* an. Das Rezept kennst du ja«. »Geht klar, Chef«, erwiderte Ben und eilte zu seinem Arbeitsplatz. Er holte sich vier etwa gleich große Birnen aus dem Obstschrank, dazu eine Zitrone, Sahne, eine Handvoll schwarze Johannisbeeren, eine Packung Semmelbrösel aus dem Vorratsschrank und ein halbes Päckchen Butter aus dem Kühlschrank.

Er griff nach seinem Schälmesser und befreite das Obst von der Schale. Er schnitt es an den Längsseiten in zwei Teile und löste das Kerngehäuse heraus. Ben übergoss die Frucht mit Zitronensaft. Sie wurde nicht braun, sondern blieb frisch und knackig. Er füllte die Johannisbeeren mit der Sahne in die ausgehöhlten Birnenhälften und steckte sie mit Holzstäbchen wieder zusammen. Er wälzte sie sorgsam zuerst im aufgeschlagenen Ei und dann in Semmelmehl. In einer Pfanne erhitzte er Butter, gab die Früchte hinein und briet sie rundherum knusprig an. Gleichzeitig verflüssigte er ein Stück Schmelzschokolade in der Mikrowelle. Ben richtete die kross gebratenen Birnen auf Desserttellern an und übergoss sie behutsam mit der flüssigen, heißen Schokolade. Dann übergab er die vier Portionen den ungeduldig wartenden Kellnern. »Gut gemacht«, kommentierte Rainer Winzer.

»Hast du schon eine Idee für die *Olympiade*? Erzähl doch mal.« Ben berichtete vom Probeessen für seine Familie, vor allem von der Reaktion des kritischen Vaters. »Na, dann bist du ja gut vorbereitet. Ich wünsche dir viel Glück beim Wettbewerb.«

»Auf die Plätze, fertig, los«, schallte es durch die Küche. Rainer Winzer hatte in Anlehnung eines sportlichen Wettkampfes das Startsignal zur Olympiade gegeben. »Versteht mich nicht falsch. Es kommt mir nicht auf Geschwindigkeit an. Wichtiger sind Raffinesse und Sorgfalt«, betonte der Küchenchef. »Vor allem will ich sehen, wie ihr mit den Lebensmitteln umgeht. Stichwort: Respekt.« Ben, Jonas und Tobias eilten zu ihren Arbeitsplätzen. »Ruhe und Sorfalt«, rief ihnen Rainer Winzer hinterher. Doch die Jungs hörten es nicht mehr. Die drei Kochnovizen stürzten sich auf ihre Arbeit.

Jonas kochte eine *Tomatensuppe*. Darauf eine *Gemüsepfanne mit Hähnchenbrust*. Zum Schluss servierte er einen *Quark mit Mandarinen*. Bei Tobias gab es *Bruschetta* vorweg. Dann eine *Lasagne aus Wildbolognese* und ein *Beerendessert auf Marscapone*.

Allen drei gelang es. Rainer Winzer und sein Légumier Andreas Hoppmann, die die improvisierte Jury bildeten, probierten von jeder Speise. Sie sahen sich ratlos in die Augen und schwiegen. Dann legte der Légumier auf einen Wink sein Ohr an den Mund des Küchenchefs. »Eigentlich haben alle eine Auszeichnung verdient, aber wir müssen Wertungen vergeben, sonst machen wir uns unglaubwürdig.« »Ja, du hast Recht.«

»Jungs, wir müssen uns beraten,«, meinte Rainer Winzer und die beiden Juroren zogen sich in einen Vorratsraum zurück. »Ist dir aufgefallen, dass Jonas seine Hähnchenbrustfilets auf einem Brett geschnitten hat, das er anschließend nicht gründlich gereinigt hat?« »Ja, stimmt, war eine nicht ganz korrekte Befolgung der Hygienevorschriften.« »Okay, gibt einen Punkt Abzug.« »Einverstanden.« »Und das Marscapone von Tobias hatte einen leicht säuerlichen Unterton«, meinte Rainer Winzer. »Dafür ziehen wir ihm auch einen Punkt ab«, ergänzte Andreas Hoppmann.

»Was sagst du zu Bens Menü?«, fragte der Küchenchef seinen Kollegen. »Hat mich überzeugt. Nur das Brot zur Kartoffelsuppe war eine Spur zu dick geschnitten.« »Ja, sehe ich auch so, halte es aber für eine lässliche Sünde und würde ihm nur einen halben Punkt wegnehmen.« »Na, dann haben wir ja jetzt das Ergebnis«, meinte der Légumier, »und können damit zur Siegerehrung kommen.«

Die beiden Juroren kamen zurück in die Küche, wo Ben, Tobias und Jonas schon gespannt, auf deren Urteil warteten.

Rainer Winzer: »So, Ihr habt wirklich ausgezeichnet gekocht. Glückwunsch an alle.« Die drei Kochnovizen strahlten. »Es waren insgesamt je zehn Punkte zu vergeben. Davon entfallen neun auf Jonas. Tobias bekommt von uns die gleiche Anzahl und Ben haben wir neuneinhalb zugesprochen. Der ganz knappe Sieger heißt Ben Herzog. Herzlichen Glückwunsch.« Andreas Hoppmann ergänzte: »Rainer und ich sind uns einig darüber, dass es hier keinen Verlierer gibt. Manchmal, so wie eben heute, kann eine Kleinigkeit den Ausschlag geben. So ist es eben.« Er schritt gezielt auf Jonas und Tobias zu, schüttelte ihnen die Hand und sagte: »Toll gemacht, ich zolle euch Respekt und Anerkennung. Die *Alte Schule* ist stolz auf euch.« Dann wandte sich Rainer Winzer nochmal allen dreien zu: »Die Kochprüfung vor der Handelskammer wird für euch kein Problem sein. Ich wünsche euch viel Erfolg.«

Mit den Worten: »Bin gleich wieder da«, verabschiedete sich der Küchenchef und stieg die Treppe zum Weinkeller hinab. Zurück in der Küche, hielt er eine Flasche Dom Pérignon, Jahrgang 2008, in den Händen. Ben erkannte sofort, dass die *Alte Schule* den Champagner für mehr als hundert Euro bei der Firma Vinatis im französischen Annecy le Vieux eingekauft hatte. Deren Geschäftsführer Olivier Ivangine und Emmanuel Toussain waren gute Bekannte von Rainer Winzer und hin und wieder Gäste im Restaurant.

»Der Erfolg unserer *Olympiade* sollte gefeiert werden«, meinte der Küchenchef, während er gekonnt die Champagnerflasche entkorkte. Das dezente »Plopp«, als sich der Korken vom Flaschenhals löste, zeigte den Könner, der, bevor er zum Chef de Cuisine aufgestiegen war, hin und wieder als Weinkellner gearbeitet hatte. Andreas Hoppmann reichte Sektkelche herum und sie stießen an.

Die Abschlussprüfung vor der Industrie- und Handelskammer Potsdam bestanden alle drei mit Auszeichnung. Niemand hatte etwas anderes erwartet.

Tobi und Jonas verließen die *Alte Schule*. Tobias bekam eine Stelle als Koch im berühmten *Aqua* in Wolfsburg und Jonas landete in München bei Jan Hartwig im *Atelier*. Beide auf Rainer Winzers Empfehlung.

Nur Ben wollte die Heimat nicht verlassen. Er fasste sich ein Herz und fragte seinen Küchenchef, ob er bleiben könne. Der atmete erleichtert auf, schob ihn an den Schultern in eine Ecke der Küche und legte den Schneebesen zur Seite.

Mit ihm hatte er dem Kartoffelpüree den letzten Schliff Sämigkeit verpasst.

»Aber klar, mein Junge. Ich bin so froh, dich hier in der *Alten Schule* halten zu können. Ich habe nur noch wenige Jahre bis zur Rente. Die Zeit werde ich nutzen, so ein Talent, wie du es bist, als meinen Nachfolger aufzubauen. Ich kann dir noch eine Menge beibringen und bin sicher, es wird auf fruchtbaren Boden fallen.«

Ben strahlte und fasste dem Chef an den Oberarm. Ben errötete. Solch eine, fast intime Geste, hatte er sich Rainer Winzer gegenüber bisher nie erlaubt. »Alles gut«, sagte der Küchenchef, der Bens Verlegenheit bemerkt hatte.

8

Ben gönnte sich nach der bestandenen Kochprüfung keine Pause. Am ersten Morgen setzte ihm Rainer Winzer persönlich die Kochmütze auf's Haupt. »Willkommen in der St.-Laurentius-Gemeinde«. Ben schaute den Chef ungläubig an. »Der heilige Laurentius ist der Schutzpatron der Köche. Wusstest du das nicht?« »Nein, keine Ahnung«, erwiderte der frischgebackene Geselle, und schämte sich seiner Unwissenheit. Er rückte die neue Kochmütze zurecht und trug sie jetzt wie eine Krone.

»Demut, mein Junge«, unterbrach der Küchenchef die fast andächtige Stille, die Ben zu übermannen schien, als der vor einen Spiegel getreten war, um sich selbstgefällig zu betrachten.

»Nur, weil du eine exzellente Prüfung hingelegt hast, und ich dich als meinen Nachfolger aufbauen will, bist du noch lange kein Meister deines Faches.« Ben errötete und trat vom Spiegel zurück.

Rainer Winzer fasste Ben am Arm und führte ihn in sein Büro. »Du kannst hier in der *Alten Schule* als Jungkoch anfangen und dich hocharbeiten.« Er gab Ben den Arbeitsvertrag. »Nimm ihn mit nach Haus und lies ihn dir gut durch, bevor du ihn unterschreibst. Bring ihn mir mit deiner Unterschrift zurück, wenn du einverstanden bist.«

Ben wollte sofort gegenzeichnen, doch der Küchenchef hielt ihn ab. »Man kauft keine Katze im Sack.« Ben fügte sich, nahm den Vertrag mit einem »Vielen Dank«. Er verließ das Chefbüro. Das Dokument verstaute er sicher im Spind.

9

Sein letzter Arbeitstag als Lehrling näherte sich dem Ende. Aufräumen und putzen seines Arbeitsplatzes. Im Kochjargon »Posten« genannt, war noch abschließend zu erledigen.

Dann marschierte Ben zur S-Bahn, stieg in den schon abfahrbereit wartenden Zug nach Erkner. Den Vertrag ließ er im Rucksack. Er setzte sich auf einen freien Fensterplatz mit dem Rücken zur Fahrtrichtung.

Bäume, Brücken, Bahnsteige und Bahnhöfe kamen von hinten auf ihn zu und entschwanden langsam, dann immer schneller werdend, seinem Blick. Es tutete jedes Mal in auf und absteigender Tonfolge, wenn die Wagentüren schlossen, kurz bevor der Zug eine Station verließ. Für Ben alles wohlvertraute Geräusche, die ihn seit Langem nicht mehr aufhorchen ließen.

Er träumte von seiner bevorstehenden Karriere, deren Verlauf er sich steil und rasant vorstellte. An den nächsten Tagen, die er wie gewohnt, wieder in der *Alten Schule* verbrachte, belehrten ihn eines Besseren.

»Ben, putz doch bitte noch einmal durch die Spüle, da sind noch Fettränder drin«, wies ihn der Légumier an. Der frischgebackene Jungkoch, Commis de Cuisine, schaute ihn ungläubig an und zeigte mit dem rechten

Zeigefinger auf seine Kochmütze. Andreas Hoppmann runzelte die Stirn, sagte aber nichts. Stattdessen wandte er sich an den Chef und murmelte: »Der kommt sich jetzt schon als was Besseres vor. Solche Flausen sollten wir ihm austreiben.« »Sei nicht so streng mit ihm«, erwiderte Rainer Winzer, »er wird sich schon reinfinden in seine neue Rolle und schnell begreifen, dass ein Commis noch lange kein Maître ist.« Ben hatte es gehört. Er holte sich einen sauberen Lappen, spritzte ein bisschen Spülmittel darauf und wischte das von Andreas Hoppmann erwähnte Becken eifrig aus. Es glänzte jetzt wie neu.

10

»Denk dir ein paar raffinierte *Amuse Gueules* aus«, sprach ihn Rainer Winzer an, der wohlwollend Bens Putzaktion beobachtet hatte. »Mach ich«, erwiderte Ben und strahlte dabei übers ganze Gesicht. »Du kannst dich in mein Büro setzen. Ist ja gerade nicht viel los.« Ben trocknete sich die Hände und marschierte mit hocherhobenem Kopf Richtung Chefbüro. »Ja«, triumphierte er. »Endlich mal was Eigenes kreieren.«

Statt sich auf den Schreibtischstuhl zu setzen, blieb er eine Weile stehen und schaute sich um. Er entdeckte einen Ordner, der mit den Worten »Noch nicht ausprobiert« beschriftet war. Er nahm ihn aus dem Regal und setzte sich damit vor Rainer Winzers Schreibtisch. Ben schlug ihn auf.

Das Rezept für Stockfischcanapés mit Feigen fiel ihm in die Augen. Er studierte es, prägte sich die Zutaten und die Zubereitung ein, forschte nach Variationsmöglichkeiten, um den Chef zu überraschen. Heraus kam *Marinierte Minifischfilets auf Mangostückchen mit einer leichten Joghurtsauce*. Aufgeschrieben war es schnell und Ben forschte weiter. *Preiselbeerpastete auf Kräckern*. Nein, das war ihm zu wenig originell und klang zu sehr nach Kindergeburtstag.

Dann entdeckte er *Gurkengelee mit Räucherlachs und Feigensenfcreme*. Ben studierte das Rezept und störte sich zuerst am Gelee. Er stellte sich vor, das Gurkige ins Fruchtige zu ändern. Er überlegte lange, bis ihm das Holundergelee der Mutter einfiel. Sofort kehrte der feinsüße Geschmack zurück auf seine Zunge.

An Stelle des Räucherlachses entschied er sich für würzige und kross gebratene Speckstreifen. Den Rest des Rezeptes veränderte er nicht. Der Kontrast von salzigem Bacon und zuckrigem Holundergelee gefiel ihm. Er notierte die Variation, kontrollierte die Harmonie und ließ ein letztes Mal Speck und Fliederbeeren auf seiner Zunge miteinander tanzen. Er atmete tief durch und lächelte.

Einen dritten Gaumenschmeichler nahm er sich jetzt vor. Er blätterte weiter im Ordner *Noch nicht ausprobiert*. *Amuse-Gueule mit Gorgonzolacrème* fiel ihm ins Auge. Ihn reizte die simple und schnelle Zubereitung.

»Vorsicht«, schoss es ihm in den Kopf. Blauschimmelkäse, auf dem das Rezept basierte, barg die Gefahr, dass etliche Gäste den nicht bestellten Appetitanreger kaum anrührten und das darauf folgende Menü nicht mehr uneingeschränkt würden genießen können. Ben grübelte über Alternativen zum umstrittenen Käse nach. Reichlich Fett musste er enthalten und sich ohne Probleme zu einer würzig-cremigen Sauce verarbeiten lassen. Sich für einen handelsüblichen Schmelzkäse aus dem Kühlregal zu entscheiden, erschien ihm zu gewöhnlich und zu wenig raffiniert.

Im Geist ging er verschiedene Sorten durch, mit denen er in der Lehrzeit schon zu tun hatte. Er landete beim griechischen *Feta*.

Dessen krümelige Konsistenz plante er mit einem Schneebesen und ein wenig heißer Milch in eine sämige Sauce zu verwandeln. Er notierte: *Amuse-Gueule mit griechischem Dip*. Zutaten für eine Portion: 150 Gramm Feta, einen Esslöffel Crème fraîche, ein gehäufter Teelöffel Butter, etwas Knoblauch, einen Suppenlöffel Zitronensaft, ein Blatt Basilikum, Salz und Pfeffer. Angerichtet auf einer etwa fingerdicken Scheibe Baguette.

Ben war begierig darauf, es gleich auszuprobieren. Dazu fehlet ihm die Zeit. Rainer Winzer öffnete die Tür zu seinem Büro und fragte ihn: Na, Ben, wie sieht es aus mit deinen Ideen für neue *Amuse-Gueules*?«

»Ich habe mich von den Rezepten aus Ihrem Ordner *Noch nicht ausprobiert* inspirieren lassen und sie sie in einigen Punkten variiert.«

»Sehr gut, man muss das Rad ja nicht neu erfinden, aber man kann es verbessern. Ich bin gespannt. Wann führst du es mir vor?«

»Vielleicht im Praxisseminar für unsere frischen Kochnovizen?«

»Prima Idee, also beim nächsten Mal: Bühne frei für unseren Ausbildungstutor Ben Herzog.« Der errötete. Eine erste Beförderung.

Die *Alte Schule* hatte mittlerweile wieder drei Lehrlinge eingestellt, jetzt, seit Jonas, Lukas und Ben zu Köchen geadelt waren.

»Ich heiße Ben und bin hier Ausbildungstutor, also der, an den ihr euch jederzeit mit Fragen oder Problemen wenden könnt«. Er stellte sich Alina, Emma und Fin vor.

Rainer Winzer, den Chef, hatten sie schon kennengelernt. »Wir sind hier ein Haus mit sehr hohen Ansprüchen. Wer sich dem nicht gewachsen sieht, schaut sich besser woanders um. In Potsdam gibt es viele mittelmäßige Restaurants. Die *Alte Schule* zählt nicht dazu.« Die drei zuckten zusammen und sahen sich betreten an.

»Was ist der für ein Chef?«, wollte Fin von Ben wissen. »Der heißt *Herr Winzer* oder *Chef*«, erwiderte Ben. »Er ist ein exzellenter Koch, streng, aber gerecht. Wir alle können noch sehr, sehr viel von ihm lernen.« Alina, Emma und Fin schwiegen, schauten Ben an. »Ihr habt das große Los gezogen, werft es nicht weg«, hörte er sich sagen und erschrak.

11

»Wir fangen ganz am Anfang an«, eröffnete Rainer Winzer das erste Praxisseminar *Kochen in der Alten Schule* für die frischen Auszubildenden Alina, Emma und Fin. »Heute geleitet von unserem hochbegabten Jungkoch Ben Herzog, den ihr ja bereits kennengelernt habt. Ben, bitte.«

»Heute geht es um die kleinen Appetithappen, die den Gaumen unserer Gäste auf das Menü vorbereiten sollen,« leitete Ben sein Seminar ein. *Amuse Gueules* dienen der Einstimmung. Sie versetzen den Gast in eine freudige Erregung auf das Kommende, gleichsam eine Ouvertüre. Ich werde euch drei dieser Gaumenschmeichler vorführen«, erklärte Ben.

Seine Notizen, die er in Rainer Winzers Büro angefertigt hatte, gab es jetzt in Reinschrift wie komplett überarbeitete Rezepte. Er legte sie vor sich auf den Tisch. Er kannte sie auswendig und tat es nur, um sicher zu stellen, im Premierenfieber nichts zu übersehen. Ben erzählte davon, wie die Rezepte entstanden waren. »Hier und da verändert, ergibt manchmal aufregend Neues.«

Rainer Winzer hatte sich zurückgezogen. Er löste Andreas Hoppmann ab. Der hatte zwischenzeitlich die Leitung der Küche übernommen. Er überließ Ben das Feld.

Nach etwa einer Stunde kehrte er zurück und sah, wie Ben hektisch versuchte, den Fetakäse mithilfe warmer Milch und einem Schneebesen zu einer sämigen Sauce zu verrühren. Es gelang ihm nicht. Der Käse schmolz nicht, sondern verwandelte sich zu einer gummiartigen Masse, die in der Milch schwamm. Ben bekam einen hochroten Kopf und seine Augen füllten sich mit Tränen. Rainer Winzer half ihm nicht. Er wandte sich stattdessen kopfschüttelnd ab. Die neuen Lehrlinge grinsten.

»Wie dumm von dir. Du hast einen Feta aus Kuhmilch gewählt, statt einen aus Schafskäse,« wies er ihn später zurecht. »Ich habe dich wohl überschätzt«, setzte er zuletzt hinzu. Das traf ins Mark.

Ben drehte sich abrupt um und lief zu seinem Posten. Er griff sich einen Fleischklopfer und schlug wie besessen auf die Arbeitsplatte ein. Dabei rannen ihm die Tränen übers Gesicht. Er wischte sie nicht fort. Der salzige Geschmack erschien ihm jetzt typisch für seine Lehrzeit bei Rainer Winzer. Der Wunsch, bei ihm zu bleiben, verblasste.

In der S-Bahn auf dem Weg nachhause bekam er die Begegnung mit seinem Chef nicht mehr aus dem Kopf. »Ich muss mit ihm reden, sonst bleibt es immer zwischen uns«, murmelte er vor sich hin. »Das darf nicht sein«. Entschlossen setzte er den Fuß auf den Bahnsteig in Rahnsdorf. Schnellen Schrittes, zwei oder gar drei Stufen auf einmal überwindend, rannte er die Treppe hinab und eilte zum Bus 161, den er bis zum Petershagener Weg nahm. Er stieg aus und lief die restlichen Meter bis zur *Heidelandstraße Nummer 10*. Ben steckte seinen Schlüssel ins Schloss.

Bevor er die Klinke niedergedrückt hatte, vernahm er, wie Anton aufgeregt bellend angerannt kam und an der Tür kratzte. »Ist gut, Dackel, bin ja da«, nahm dessen Kopf in beide Hände und kraulte ihm die Ohren. Der Hund quittierte das mit wild wedelndem Schweif und einem freudigen Quieken, das immer wieder von kurzem Bellen unterbrochen wurde.

Da niemand sonst im Haus war, stieg Ben hinauf in sein Zimmer, stellte seinen Rucksack ab, begab sich ins Bad und wusch sich gründlich die Hände und das Gesicht.

Er freute sich auf eine Runde mit Anton. Die Gedanken wirbelten ungeordnet im Kopf herum. Von der Bewegung an der frischen Luft erhoffte er sich Klarheit und eine Entscheidung, wie es mit ihm weitergehen sollte. *Alte Schule* oder nicht? Mit Anton an der Leine trottete er Richtung Fischerdorf. Dorthin, wo die Müggelspree den Müggelsee im Nordwesten mit dem Dämmeritzsee im Osten verbindet. Sie überquerten die Fürstenwalder Allee und Ben fasste seinen Hund enger.

Anton hasste schnell fahrende Autos. Er kläffte sie stets wütend an, wenn er meinte, sie kämen ihm zu nahe. Und das war fast immer der Fall. Ben fasste den Dackel am Halsband und zerrte ihn über die Straße, sobald sich eine Lücke im kaum abreißenden Strom der Fahrzeuge bot.

Auf der anderen Straßenseite angekommen, ließ er Anton wieder freier laufen.

Der drehte sich nochmal um, bellte zweimal kurz in Richtung der vorbeisausenden Autos und trottete dann neben Ben auf die Dorfkirche zu. Er zog sein Herrchen flugs zu den dort aufgestellten Grabsteinen, die an die Wasserrettung am Müggelsee erinnerte. Er hob das Bein. Ben riss ihn zurück und schaute ihm zornig in die Augen. Dabei hielt er den Hundekopf fest in beiden Händen. Der Dackel verstand und winselte.

Ben führte ihn an einen freistehenden Baum und ließ ihn machen Beide umrundeten die Kirche und Ben setzte sich auf eine Bank mit Blick auf den Turm und die Eingangstür. Er klaubte einen Stein vom Boden und schleuderte ihn gegen die Kirchentür. Ben erschrak. Er stand auf, schlenderte zur Pforte und streichelte mit der Hand das rissige Holz. »Vergebung ist ein christliches Gebot«, kam es ihm in den Sinn. »Gilt das auch gegenüber Rainer Winzer, dessen Zurechtweisung mich so gedemütigt hat?«

Ben fand keine Antwort. Nicht einmal im Angesicht des Gotteshauses. Er blieb ratlos zurück.

12

Am nächsten Morgen fuhr er wieder hin. Zur Mittagszeit kamen immer viele Gäste in die *Alte Schule*. Ben hatte sich an den hektischen Betrieb mittags gewöhnt. Besucher kamen nicht, um gemütlich und stilvoll zu speisen. Sie begehrten ein schnelles, leichtes und gesundes Essen, das ihnen den Hunger in ihrer knapp bemessenen Pause stillte. Und sie stellten hohe Ansprüche.

Ein junger Mann, so um die Vierzig, dunkelgrauer Anzug, weißes Hemd ohne Krawatte, Undercutfrisur, Drei-Tage-Bart, rief beim Hereinkommen: »*Low carb* muss es sein. Das bieten Sie doch wohl an, oder?«

Reinhardt Bieler, der Kellner, dem der Zuruf galt, erwiderte: »Selbstverständlich, mein Herr, ich bringe ihnen die Karte, dort werden Sie was Passendes finden.« »Machen Sie das«, lautete die barsche Antwort. Er wählte ein *Fischfilet in Senfhülle mit einem bunten Salat*.

Ben hatte das Gericht vorbereitet und Reinhardt Bieler servierte es sofort. Den frostigen Ton des Gastes hatte er geflissentlich überhört.

Der dunkle Anzug schlang es hastig herunter. Dabei widmete er sich unablässig seinem Smartphone, und laut telefonierend, kaute er beiläufig.

»Waren Sie zufrieden?« »Ganz nett, die Rechnung.« Trinkgeld gab er keines. Er stand auf und verließ gruß- los das Restaurant.

Solche Gäste gab es mittags häufig in der *Alten Schule*. Ben verabscheute sie. »Kein Stil, ohne Anstand und Re- spekt«, flüsterte Ben, der die Szene beobachtete. Von der Küche aus lugte er einen Moment in die Gaststube, um sich einen Eindruck von der Stimmung zu verschaffen. »Für solche Typen will ich nicht kochen«, murmelte er leise. »Dafür habe ich den Beruf nicht gelernt.«

»Doch«, unterbrach ihn Rainer Winzer, der Bens un- behagliches Gemurmel mitbekommen hatte. »Der Gast ist König und so behandeln wir ihn.« »Dann soll er sich auch wie einer benehmen«, erwiderte er trotzig.

»Ein guter Koch gibt immer sein Bestes, egal, wie ein Gast darauf reagiert«, wies der Küchenchef ihn zurecht. Ben gab nicht auf. »Ich will mich nicht zum Sklaven ma- chen«, wehrte er sich.

»Dann bist du im Gastgewerbe fehl am Platz.« Ben zuckte zusammen und schwieg. Die Kehle schnürte sich zu und drückte ihm eine Träne aus den Augen. Er ließ den Kopf auf die Brust sinken und schlich an seinen Ar- beitsplatz. Rainer Winzer wandte sich ab und spazierte in sein Büro.

Die Mittagsschicht neigte sich dem Ende zu. Ben rich- tete den letzten Teller *Schinkenrollen mit Zitronenreis und*

Basilikum an, streute zum Schluss eine weitere Prise Kräuter darüber und übergab ihn an die Kellner.

Er räumte seinen Arbeitsplatz auf und trottete aus der *Alten Schule*. Mit gesenktem Kopf überquerte er die Straße und schlich sich davon in Richtung S-Bahn.

Rainer Winzer beobachtete ihn aus seinem Bürofenster und schüttelte den Kopf. Der Zug ließ das Abfahrtsignal ertönen. Ben blieb regungslos auf dem Bahnsteig stehen. Ihm zitterten die Knie und er setzte sich auf eine Bank. Ben barg sein Gesicht in beiden Händen. Tränen rannen ihm durch die Finger. Sein Körper bebte. »Kann ich Ihnen helfen«, hörte er eine ältere Dame fragen, die sich zu ihm gebeugt hatte. »Nein«, sagte er. Ben ließ auch die folgende Bahn durchfahren. In die Dritte stieg er ein.

Aus dem Fenster blickend, flog sein bisheriges Leben an ihm vorbei.

13

Zuhause abgekommen, lief er geradewegs in sein Zimmer. Anton, der ihn wie stets mit freudigem Gebell und wedelndem Schwanz begrüßte, stieß er zur Seite und schickte ihn in den Korb. Der Dackel gehorchte winselnd.

Ben warf sich auf sein Bett und starrte zur Decke. Im Geist erschien ein zynisch grinsender Rainer Winzer. Ben versuchte, das Bild loszuwerden. Er drehte den Kopf ins Kissen und hielt die Augen fest geschlossen. Es half nichts. Es blieb stehen. »Ich muss mit ihm reden. So kann es nicht weitergehen. Gleich morgen werde ich ihn ansprechen.«

Am folgenden Tag betrat er um neun Uhr die *Alte Schule*. Eine halbe Stunde vor seinem Dienstbeginn. Rainer Winzer war, wie stets, schon da. Er saß im Büro und studierte die Speisenkarte. Hin und wieder korrigierte er Details, stellte Menüs neu zusammen oder variierte ein Dessert.

Vom Rechner schickte er die Änderungen direkt an den hauseigenen Drucker, der in minutenschnelle die überarbeiteten Karten ausgab.

Ben klopfte zaghaft an die Bürotür. »Einen Moment noch«, ertönte die Stimme des Restaurantchefs. »Bin gleich soweit.« Er ließ ihn zehn Minuten warten, bis ein »Ja, bitte«, erklang.

Ben trat ein. »Was gibt´s so Dringendes?«, fragte Rainer Winzer, ohne seinen Blick vom Bildschirm abzuwenden. »Chef, ich müsste mal dringend mit Ihnen sprechen«. Nur zaghaft und leise traten die ersten Worte aus Bens Mund. »Mach´s kurz, ich stecke mitten in der Arbeit«, ließ sich der Chef de Cuisine vernehmen.

Bevor Bens Stimme versagte, nahm er all seinen Mut zusammen, der ihn zu verlassen drohte, räusperte sich und sagte: »Sie haben mich in der letzten Zeit unfair behandelt...« Ehe er weitersprechen konnte, blickte Rainer Winzer vom Bildschirm auf, legte seine Stirn in Falten und ließ ein langgedehntes »Soo?« hören.

»Ja«, sagte Ben, fest entschlossen, sich nicht mehr einschüchtern zu lassen. »Sie haben mich vor den neuen Lehrlingen gedemütigt und mich als überschätzt eingestuft. Das finde ich ungerecht.«

»Was fällt dir ein, meine Entscheidungen infrage zu stellen« herrschte ihn Rainer Winzer an. »Ich bin hier der Chef, und du hast nicht annähernd das Format, es mir gleich zu tun. Schluss mit der Debatte, ich habe zu arbeiten. Muss ich dich an deine Pflichten erinnern? Die Fisch- und Fleischfonds sind noch nicht angesetzt.« Er wandte sich wieder den Speisenkarten zu.

Mit einer wedelnden Handbewegung verwies er ihn des Raumes. Ben schlich davon und begab sich auf seinen Posten.

Aus dem Kühlraum holte er sich etwa ein Kilogramm Fleischverschnitt vom Schwein, Rind und Lamm. Er bestand meist aus abgeschnittenen Fetträndern mit Resten vom Mageren.

Er kochte ihn mit etwas Wasser aus, würzte die Brühe mit Salz, Pfeffer, Paprika und einer fertigen Mischung aus Thymian, Majoran und Kerbel. Eine große Zwiebel schnitt er hinein und gab etwas Knoblauchsalz hinzu. Auf kleiner Hitze reduzierte er sie zu einer leicht sämigen Konsistenz. Auf Mehl hatte er verzichtet. Das Ganze ergab einen feinwürzigen Fond, der geeignet war, Fleischsaucen abzurunden.

Sein Fischfond entstand aus abgetrennten Köpfen, Schwänzen, Haut und Gräten.

Die Würze brachte eine Mischung aus Basilikum, Curry, Muskat, Paprika, Dill und weissem Pfeffer. Ein paar Tropfen Zitronensaft rundeten den Geschmack ins Frische ab. In einem großen Topf reduzierte er es köchelnd wieder. Er goss die Brühe durch ein feines Sieb ab und fing die Flüssigkeit in einem kleineren Gefäß auf. Die zurückgebliebenen festen Teile, wie Kopf, Haut und Gräten warf er in den Müll. Sie waren nicht mehr zu verwenden.

Der so entstandene Fond bildete die Grundlage für eine würzige, weiße Fischsauce.

Ben ging die Arbeit leicht von der Hand. »Bald werde ich seine Launen nicht mehr zu ertragen brauchen«, sang er leise vor sich hin. Ein Lächeln umspielte sein Gesicht. »Morgen bekommt er meine Kündigung.«

Ben räumte seinen Posten auf und fuhr nach Haus. »Ich werde mein eigenes Restaurant gründen«, überraschte er Franziska. Die schaute ihn erschrocken an. »Oh Gott, mein Junge, weißt du, welches Risiko das bedeutet?« »Ja, das ist mir schon klar, aber als Kochsklave kann ich nicht mehr arbeiten. Mein Entschluss steht fest.« Mutter Franziska schwieg.

Ben begab sich in sein Zimmer und setzte sich an den Computer. Im Internet recherchierte er die Wettbewerbssituation im Bezirk. In Rahnsdorf selbst gab es nichts, was ihn beeindruckte. Der *Seepalast* oder das *ajad* waren nicht nach seinem Geschmack. Der Ortsteil hatte zu wenig Einwohner und kaum Touristen. Potsdam war von anderem Kaliber.

»Ein Konzept muss her«, überlegte er. »Gutes Essen allein wird nicht reichen«, sinnierte er. »Ich brauche ein Alleinstellungsmerkmal, mit dem ich mich identifizieren kann.

Was interessiert mich außerhalb des Kochens eigentlich noch?« Seine Antwort: Krimis und mein Dackel Anton. »Daraus ein Restaurantkonzept mit Niveau zu entwickeln, wird schwierig, aber nicht unmöglich sein.«

Ben kritzelte ein paar Worte auf ein leeres Blatt Papier. *Chez Anton*, zu französisch, *Antons Hütte*, zu bieder. Einfach *Anton*? Warum nicht. »Wo aber ist der Bezug zu seiner Leidenschaft, den Krimis, insbesondere zu denen von Martin Walker?«, fragte er sich.

Eines der Bücher trägt den Titel *Menu surprise*. »Genial«, fand Ben, »aber leider wieder französisch«, kam nicht in Frage, »schade.« *Antons Küche* zog er zusätzlich ins Kalkül, blieb dann letztlich bei der schlichten Variante. »Komm, lass uns zu *Anton* gehen«, wäre doch eine nette Aufforderung der zukünftigen Gäste. Ben lehnte sich zufrieden zurück. Und er träumte weiter. Vor seinem inneren Auge entstand ein Bild: Ein kleines, gemütliches Restaurant auf der Köpenicker Altstadtinsel.

Ben fingerte sich einen Stadtplan des Bezirks aus dem Regal und suchte nach möglichen Standorten für sein Restaurant.

Mit dem Zeigefinger der rechten Hand fuhr er die Gegend ab. Vor der Straße *Freiheit* bremste er ab und hielt inne. »Warum so ein eigenartiger Name für eine Gasse in der Altstadt?«, fragte er sich. Er setzte sich an seinen Computer und recherchierte.

Friedrich Wilhelm, Kurfürst von Brandenburg und Großvater vom *Alten Fritz* bot im 17. Jahrhundert Religi-

onsflüchtlingen aus Frankreich umfangreiche Freiheits-
rechte. Die Hugenotten »seien gäntzlich befreyet von
Auflagen, Zöllen und Steuern«, verkündigte er. »Aha«,
meinte Ben. »Das passt.« Er zog den Standort *Freiheit*,
Köpenick in Betracht.

Dort, am Ufer der Müggelspree lag das Restaurantschiff *Ars vivendi*. Ben kannte es aus Erzählungen einiger Gäste der *Alten Schule*. An einem freien Wochenende vor etwa zwei Jahren war er einmal dort gewesen.
»Ganz nett«, lautete damals sein Urteil und vergaß das
Schiff.

Jetzt erinnerte er sich wieder. Er nahm sein Smartphone zur Hand und wählte die Nummer der Betrei-
ber. »Ist ihr Restaurantschiff zu verkaufen oder zu ver-
pachten?« »Nein, tut mir leid«, lautete die Antwort, die
es nahelegte, nicht weiter nachzufragen. Ben sagte »danke« und hakte es ab.

Er setzte seine Reise mit dem Zeigefinger auf dem
Stadtplan fort und stellte fest, dass die Altstadt zuge-
pflastert war mit gastronomischen Angeboten. Hier gab
es keinen Platz mehr für ihn. Er forschte weiter.

An der nahen Friedrichshagener Straße war auf dem
Gelände der Alten Filmfabrik ein neuer Wohnbezirk
entstanden. Er bildete mit dem angrenzenden *Krusenick*
eine dichtbesiedelte Einheit. Ein Restaurant gab es nicht.
Ben sah seine Chance.

Er verließ das Haus und fuhr mit der Straßenbahn nach Köpenick, verfolgt von Antons sehnsüchtigen Blicken, der auf Bens Wink hoffte, mitkommen zu dürfen. Ben ignorierte ihn und schloss die Tür hinter sich.

Er fuhr bis zum Brandenburgplatz, stieg aus, marschierte durch die Friedrichshagener Straße bis zur *Alten Filmfabrik*. Er schaute sich um. Zwischen den zahlreichen Neubauten entdeckte er ein heruntergekommenes Backsteinhaus. Auf den ersten Blick schien dessen Grundfläche über 100 Quadratmeter groß zu sein.

»Das wäre doch was«, sagte er zu sich. Von den Bauarbeitern, die am Ort werkelten, erfuhr er, dass ein gewisser Karl Lüttmann das Areal verwaltete. Ben rief an. »Ja, das können Sie kaufen. Für einen symbolischen Preis von 100 Euro. Sie müssen es aber auf eigene Kosten sanieren und die notwendigen Genehmigungen beim Bezirksamt einholen.« »Vielen Dank, ich melde mich in ein paar Tagen wieder bei Ihnen«, freute sich Ben. Er fuhr zurück nach Rahnsdorf.

»Das müsste klappen«, überlegte er in der Straßenbahn. »Vater wird mir helfen, seit er sich davon überzeugt hat, dass ich ein guter Koch bin.«

»Ich muss was mit euch besprechen«, rief Ben sofort, kaum hatte er die Haustür geöffnet. Anton kam angerannt, sprang an ihm hoch und zwackte ihn ins Bein. Ben lachte und kraulte seinen Kopf. »Okay, wenn Vater da ist, reden wir«, rief er Franziska zu. Sie arrangierte neue Blumen auf dem Couchtisch. »Erzählst du es mir? Ich bin schon sehr gespannt.« »Ja, mach´ ich gleich. Ich muss nur schnell meine Kündigung schreiben. Dauert nur ein paar Minuten.«

Ben sprang hinauf in sein Zimmer und setzte sich an den Computer. *Sehr geehrter Herr Winzer, zum nächst möglichen Termin kündige ich mein Arbeitsverhältnis mit dem Restaurant Alte Schule. Mit freundlichen Grüßen, Ben Herzog.* Er fügte das Datum ein, druckte die Seite aus, knickte das Papier und steckte es in einen Umschlag.

Das Kapitel war zuende und Ben stiegen Tränen in die Augen. Er schluchzte. Anton trappelte herein, schaute sein Herrchen mit fragenden Blick an und fiepte. »Ja, Dackel, jetzt schlagen wir ein neues Kapitel auf und du spielst darin eine entscheidende Rolle.« Anton wedelte mit dem Schwanz, als hätte er ihn verstanden. Ben strich ihm sanft über den Kopf. Er verstaute den Brief im Rucksack und lief federnd die Treppe hinab ins Wohnzimmer. Anton trippelte hinterher.

»Erzähl doch mal, was gibt`s Neues?«, bestürmte ihn die Mutter. »Ich glaube, ein passendes Objekt für mein eigenes Restaurant gefunden zu haben. Lass uns auf Vater warten, dann erzähle ich euch die ganze Geschichte.« »Auf Vater warten ...« »Das hat er ja noch nie gesagt«, wunderte sich Franziska.

Sie deckte den Tisch für das Abendbrot. Abends aßen die Herzogs Brot mit Aufschnitt und Käse. Ben und Vater Klaus gönnten sich dazu ein Bier.

Anton saß gespannt auf dem Teppich neben dem Esszimmertisch. Er bettelte nicht. Das war streng verboten. Seine hochgereckte Nase zeugte freilich von der Hoffnung auf eine Scheibe Jagdwurst. Meist bekam er sie von Ben oder Anika, begleitet von missbilligenden Blicken der Eltern.

Vater Klaus kam früher als gewöhnlich. Die Arbeiten an der Villa Bechstein in Erkner waren beendet. Ein neues Sanierungsprojekt in Friedrichshagen stand erst für die folgende Woche im Terminplan.

Mit freier Zeit wusste Klaus wenig anzufangen. Einen Hammer zu schwingen, bereitete ihm Freude und Befriedigung. Zeitung zu lesen, oder gar ein Buch empfand er als Nichtstun. »Müßiggang ist aller Laster Anfang«, gehörte zu seinen meistzitierten Weisheiten.

»Vater, ich bräuchte deine Hilfe«, eröffnete Ben das abendliche Tischgespräch.

Ein erwartungsvolles Lächeln umspielte Klaus' Gesicht. »Was kann ich tun, mein Sohn?« Und Ben erzählte von der Kündigung in Potsdam und seinen neuen Plänen.

»Das kriegen wir hin«, antwortete Klaus. Beide erhoben ihr Glas Bier und lächelten.

Am nächsten Morgen fuhr Ben zur *Alten Schule*. Rainer Winzer nickte stumm zur Begrüßung, ohne seinem Gesicht ein Lächeln abzuringen. »Geh auf deinen Posten und polier das Besteck.«

Ben blieb stehen, nahm den Rucksack ab, fingerte den Brief heraus und reichte dem Chef de Cuisine seine Kündigung. Der las. »Gut, dann kannst du gleich wieder gehen. Ich brauche dich hier nicht mehr.« Ben wandte sich ab und verließ die *Alte Schule* für immer.

14

Sein Vater war schon da, als Ben ins Haus trat. »So, der erste Schritt ist getan. Nach Potsdam brauche ich nicht mehr«, verkündete er. Die Haustür fiel krachend ins Schloss.

»Na, dann lass uns für eine Bestandsaufnahme nach Köpenick fahren. Ich will mir Dein Objekt auch mal ansehen, um einzuschätzen, was zu tun ist. Meine Leute wissen schon Bescheid.«

Klaus griff seine Jacke und den Helm und schlenderte mit Ben zum Transporter. Darin lagen ein Vermessungsgerät, ein Baustrahler und eine Bohrmaschine.

Am *Krusenick* angekommen, vermaß Klaus die unansehnliche Steinbaracke, prüfte die Statik und entnahm Materialproben. »Ausreichend groß ist sie, stabil genug auch. Zeig mir mal, wie du dir die Raumaufteilung vorgestellt hast, Ben.«

»Also, ich brauche einen Gastraum, eine Küche, Lager, Kühlraum und eine Ruheecke. Natürlich auch Toiletten für die Gäste.«

»Ja«, meinte Klaus, »die größte Fläche für den Gastraum, denn damit verdienst du dein Geld.« Er fotografierte innen und außen. Dann skizzierte er grob das Restaurant. Ben stand stumm dabei und staunte.

Sie stiegen wieder in den Transporter. Klaus steuerte ihn zurück nach Rahnsdorf. »In meinem Büro zeichne ich dir einen Grundriss mit exakten Maßen«, bot er seinem Sohn an. »Eine befreundete Innenarchitektin kann dir bei der Einrichtung helfen. Marion hat meist originelle Ideen.« »Danke, Papa.«

Sie kamen an. Klaus fuhr direkt weiter in sein Büro, um das Versprochene anzupacken.

Ben setzte sich an den Computer und schrieb in großen Lettern: »Konzept Anton«. Ben hatte während der Lehrzeit in der *Alten Schule* seine Vorliebe für die französische Küche entdeckt. »So etwas in der Richtung soll es sein«, fand er und grübelte. »*Comme Bocuse*? Nein, nicht wie die Haute Cuisine, sondern eher bodenständig, so wie in französischen Haushalten gekocht wird.« Das war's. »Anton« wird als Schwerpunkt »Französische Hausmannskost« anbieten.

»Dazu passt aber wieder nicht der urdeutsche Name *Anton*«. Ben entschied sich für die zweisprachige Namenskombination. »*Chez Anton*, bei Anton«. »Das hat Stil.« Vorsorglich druckte er schonmal ein paar Rezepte aus, die er leicht über das Internet fand. »Lass uns zu Anton gehen«, bliebe davon unberührt. Das gefiel ihm.

Klaus kam zurück aus dem Ingenieurbüro. Er legte einen 100-Euro-Schein auf Bens Schreibtisch. »Kauf es, dann sehen wir weiter.« Der lächelte, nahm das Geld, griff zu seinem Smartphone und rief den Besitzer an. »Ich nehme das Haus. Soll ich ihnen das Geld überweisen oder gleich bar vorbeibringen?«

»Überweisen reicht. Wenn das Geld innerhalb der nächsten drei Tage auf meinem Konto eingeht, ist der Deal perfekt. Solange reserviere ich es für Sie, versprochen.«

Ben notierte die Kontoverbindung und überwies online. Als Verwendungszweck schrieb er »Chez Anton, Name meines Restaurants.« Vorsichtshalber schickte er zusätzlich eine E-Mail »Geld ist soeben überwiesen.«

»Du legst auch noch einen toten Hund an die Kette«, sagte Klaus lachend. Er öffnete die Aktentasche und zog einen perfekt gezeichneten Grundriss hervor.

Nach Jahren lagen sich Vater und Sohn wieder einmal in den Armen. Beiden standen Tränen in den Augen.

»So«, sagte Klaus, »Ich rufe jetzt mal die Innenarchitektin an. Marion und du könnt dann über das passende Ambiente beraten. Meine Leute und ich kümmern uns um den Bau. Der Rest liegt dann bei dir. Du weißt ja, ich hab`s nicht so mit der Gemütlichkeit.« Er griff nach seinem Smartphone.

»Hallo Marion, Klaus hier. Mein Sohn Ben, du weißt schon, der Koch, will ein eigenes Restaurant eröffnen. Die Immobilie haben wir. Kannst du ihm bei der Inneneinrichtung helfen? Ich gebe ihn dir mal.« Er reichte Ben das Handy.

»Hallo Frau Meiner, Ben hier. Können wir uns das bald zusammen ansehen?« »Ja, sicher, kein Problem.

Ruf mich an. Wir finden einen Termin.« »Vielen Dank, sehr freundlich. Ich melde mich.«

Klaus gab Ben ein Zeichen. Der verstand und reichte das Telefon seinem Vater zurück. »Ja, ich nochmal, für deine Bemühungen bezahle ich dich natürlich. Nimm es als normalen Auftrag meiner Firma, okay.« »Ist gut, danke, wir sehen uns.« Marion legte auf.

16

Am folgenden Tag frühmorgens fuhr Klaus mit fünf seiner Mitarbeiter nach Köpenick. Mit dabei waren ein Maurer, ein Maler, ein Installateur, ein Elektriker und ein Tischler. Sie alle verschafften sich einen groben Eindruck von dem, was zu erledigen war.

Innerhalb eines halben Jahres verwandelte sich die Bruchbude in ein schmuckes, kleines Gebäude. Ein Restaurant war es bislang nicht.

Ben rief die Innenarchitektin Marion Meiner an. Sie verabredeten sich für den nächsten Tag auf der Baustelle. »Welcher Stil schwebt dir vor?«, fühlte sie vor. »Ein Restaurant mit Schwerpunkt französische Hausmannskost«. »Okay, da habe ich spontan schon ein paar Ideen.

Die Außenhaut lassen wir am besten als Klinkerfassade unverändert. Wir streichen sie in Oker. Das ergibt schon auf den ersten Blick einen französisch anmutenden Landgasthof.«

Ben war einverstanden. »Die Möblierung passen wir an. Ich habe dir mal ein paar Fotos mitgebracht, damit du eine Vorstellung von der Atmosphäre bekommst.« »Très jolie«, kokettierte Ben. Die schlichte, leicht rustikale Einrichtung gefiel ihm. »Ich besorge dir alles. Um die Küche musst du dich selbst kümmern. Von Küchentechnik verstehe ich nichts.«

Ben orientierte sich in groben Zügen an der *Alten Schule*. Ein paar Nummern kleiner freilich.

Marion stellte seinem Vater nur die Materialien in Rechnung. Tische, Stühle, Lampen. Und der nahm es wohlwollend zur Kenntnis.

Nach drei Monaten war alles fertig und Ben schraubte ein Emailleschild mit dem Schriftzug *Chez Anton«, Französische Hausmannskost, Inhaber: Ben Herzog«*, an die Fassade. Des Dackels Konterfei prangte daneben.

Der Hund kläffte es an. In allen Berliner Zeitungen schaltete er Anzeigen, um sein Restaurant bekannt zu machen. Vater Klaus übernahm die Kosten.

Chez Anton-Berlin hatte Ben die Internetseite genannt, auf deren Startseite der Dackel prangte, ausgelassen mit dem Schweif wedelnd. Neben der Anschrift *An der Alten Filmfabrik 17* fanden sich die Öffnungszeiten, *Dienstag bis Sonntag von 10:00 bis 22:00 Uhr*, und ausgesuchte Leckerbissen aus der Speisenkarte. Ben aktualisierte sie wöchentlich.

Die Eröffnung nahte. Ben hatte seine Familie eingeladen. Vater Klaus brachte drei Kollegen aus der Firma mit. Und selbsverständlich Marion, die Innenarchitektin. Zahlende Gäste waren nicht erschienen. Die Kasse blieb leer. Ben hoffte auf die nächsten Wochen.

Gaby und Hanni, seine Kellnerinnen hatte er mit einer Anzeige im *Kurier* gefunden. Sie freuten sich über großzügige Trinkgelder der Familie. »Gut«, meinte der frisch gebackene Restaurantbesitzer zu sich, »vom Eröffnungsabend darf ich wohl nicht viel mehr erwarten. In der nächsten Woche geht es bestimmt richtig los.«

Ben beruhigte sein Rumoren in der Magengegend und wischte sich die Schweißperlen von der Stirn. Mit dem Touchon freilich, das akkurat in seiner Kochschürze steckte.

Im Geist hörte er Rainer Winzer, wie er ihn zurechtwies. Er zuckte zusammen. Niemand hatte es bemerkt.

Gegen 21:30 hatten die meisten der geladenen Gäste das Lokal verlassen. Ben räumte den Tisch ab, auf dem die Glückwunschkarten, Blumen und Flaschen mit Hochprozentigem versammelt waren. Klaus nahm ihn beiseite. »Was hättest du fremden Gästen für einen solchen Abend berechnet?« wollte er wissen. »Speisen und Getränke belaufen sich auf 280 Euro und 50 Cent«, erwiderte Ben. »Ich übernehme das.« Klaus legte 350 auf den Geschenketisch. »Vergiss deine netten Kellnerinnen nicht.« »Oh, danke«, stammelte Ben und errötete.

Zusammen mit Gaby und Hanni rückte er Tische und Stühle zurecht und räumte seine Küche auf. Den Rest erledigte Anita Stoffmann am folgenden Morgen. Sie hatte Ben zum Reinigen über die Minijobzentrale engagiert.

Ben verließ sein Lokal und nahm die letzte Bahn nach Rahnsdorf. Zuhause schliefen schon alle. Selbst Anton reagierte nicht, als Ben die Haustür öffnete. »Du bist ja ein toller Wachhund«, dachte er bei sich und schmunzelte. Der Hund lag zusammengerollt in seinem Korb, und schnarchte.

Sein Herrchen schlich leise die Treppe hinauf in sein Zimmer. Ben putzte sich die Zähne und legte sich ins Bett. Seine erste Nacht als Restaurantbesitzer und Chefkoch. Ben schlief lange nicht ein.

17

Ben drückte auf den Schalter seiner Nachttischlampe, die er vor einer halben Stunde gelöscht hatte. Statt in den Schlaf zu fallen, grübelte er über das Angebot einer Frühstückskarte nach. »Wenn Gäste schon morgens bei mir die erste Mahlzeit des Tages bekämen, starten sie gutgelaunt in die vor ihnen liegenden Stunden. Am Abend erinnern sie sich hoffentlich daran und kommen wieder.«

Ben stand auf, setzte sich an seinen Rechner und forschte nach Rezepten für das Petit déjeuner, einem typisch französischen Mahl zu Beginn des Tages. Er wurde fündig.

Mit den Zutaten und der Zubereitung eines Frühstücks à la Française hatte Ben sich nie beschäftigt. In der *Alten Schule* gab es kein Morgenangebot. Dass er sich eines von Franziska servieren ließ, hatte damit zu tun, dass ihm die französische Genusskultur zusagte. Nicht mit einem speziellen Gericht. Er begehrte Genaueres.

Er stellte sich darunter eine schlichte Zusammenstellung vor: ein Croissant oder Baguette mit Butter, Konfitüre, dazu ein Café au Lait. Das fand der Koch wenig inspirierend, Er war an Raffinesse gewöhnt Seine Internetrecherche belehrte ihn eines Besseren. Wer es etwas üppiger wünschte, wählte am Morgen zum Beispiel *Beignets sofflés*, ein Fettgebäck aus Kamerun. Das Land im Zentrum Afrikas war im Zuge des Versailler Vertrages ein Verwaltungsgebiet Englands und Frankreichs geworden. Die Franzosen herrschten über Vierfünftel des Territoriums. Das Gebäck besteht aus Butter, Zucker, Hefe, Milch und Mehl.

Ben kannte das süße Hefegebäck nicht, aber das Rezept gefiel ihm. Er nahm es in seine Frühstückskarte auf und empfahl dazu einen schwarzen Kaffee, *Café noir*. Das leicht bittere Getränk bildete einen reizvollen Kontrast zu den süßen Bällchen.

Er suchte weiter. Vor allem die herzhaften Varianten, das »petit déjeuner copieux« fand er reizvoll. Lediglich Weißbrot mit Butter und Confiture schmeckte ihm zu fad.

Aus den zehn wichtigsten französischen Brotsorten wählte er vorwiegend dunkle aus. Darunter das *Pain au seigle* oder das *Pain de campagne*. Sie kamen einem heimischen Roggenbrot am nächsten.

Dazu bot er Butter, französischen und deutschen Käse an, ergänzt mit Schinken oder Salami. Das ergab die Grundlage für eine rustikale Brotzeit. Er stellte sich Variationen mit Eiern, Süßspeisen, Obst und Gemüse vor.

Ben war stets daran gelegen, den vertrauten Geschmack nicht zu kurz kommen zu lassen. Die Grundlage für eine Frühstückskarte stand. Ihm war wichtig, die Balance zwischen den Geschmäckern zu bewahren.

Die Mittagskarte bestand in der Hauptsache aus leichten Gerichten. Er orientierte sich an den Angeboten der *Alten Schule*, ohne sie zu kopieren. Das gönnte er Rainer Winzer nicht.

Für seine Abendkarte schöpfte er ebenfalls reichlich Inspiration aus dem Restaurant, das er verlassen hatte. Selbst die gelungensten Gerichte variierte er.

Hin und wieder wählte er Zander statt Hecht oder Lammfilet anstelle solcher vom Rind.

Berliner Speisen wie *Kasseler mit Sauerkraut, Leber mit Zwiebelringen* oder schlicht *Buletten mit Senf* fehlten nicht. Sich allein auf *Französische Hausmannskost* zu konzentrieren, empfand Ben als zu gewagt.

Einflüsse von Zuwanderern hatten die Berliner Küche stets beeinflusst und geprägt. Darunter die aus Frankreich im 17. Jahrhundert.

Ben war sicher, ein tragfähiges Konzept gefunden zu haben. Er gewann wieder Zuversicht.

Er legte sich zurück ins Bett und schlief sofort ein. Er träumte von einem vollbesetzten Restaurant und zufriedenen Gästen. Ben lächelte im Schlaf.

18

Am nächsten Morgen sprang er voll Tatendrang aus dem Bett. Er rannte in die Küche, drückte Franziska einen flüchtigen Kuss auf die Wange, schlang das bereit liegende Croissant herunter und spülte mit zwei kräftigen Schlucken *Café au Lait* nach. Mit Anton im Schlepptau marschierte er zur Tram und fuhr Richtung Köpenick.

Sein Restaurant tauchte verlassen aus dem Nebel des frühen Morgens auf. Die ockergelbe Ziegelfassade zeichnete sich im grauen Dunst deutlich ab. Das Emailleschild mit Antons Konterfei leuchtete. Der Dackel bellte es grüßend an. Ein Staubsauger rauschte.

»Bin gleich soweit«, rief ihm Frau Stoffmann zu. Sie war dabei, die letzten Krümel des Vortages verschwinden zu lassen. »Ich wische zum Abschluss gerade noch die Tische ab. Dann glänzt wieder alles.«

»Guten Morgen und vielen Dank«, erwiderte Ben. Er holte tief Luft und sog den Geruch von Frische in sich auf. Der rührte her vom Fisch, dem Brot und den Putzmitteln. Frau Stoffmann bevorzugte *Lemonfresh*.

Ben marschierte in die Küche, um das Frühstück vorzubereiten. Dort hatte sie ebenfalls ganze Arbeit geleistet. Nirgendwo Fettränder, keine Spritzer, nichts.

Auf dem Whiteboard, das unverzichtbaren Notizen diente, las Ben: »Ich wünsche Ihnen viel Erfolg, Herr Herzog, Ihre Anita Stoffmann.« Ben wischte sich eine Träne aus den Augen.

Seinem Spind entnahm er die Kochkluft, zog sich um, wusch sich die Hände und streifte die schwarzen Nitrilhandschuhe über. Er öffnete den Kühlschrank und holte Milch, Butter, Käse und Wurst heraus. Ben schaltete die Kaffeemaschine an, die mahlend und gurgelnd ihren Dienst versah.

Die Sonne hatte sich ein tüchtiges Stück über den Horizont erhoben und kündigte einen heiteren Tag an. Frau Stoffmann hatte sich für heute verabschiedet und Anton erkundete die nächste Umgebung. Zwischendurch kehrte er zum Haus zurück und bellte sein Konterfei an. Ben war allein.

Er schlenderte Richtung Kühlraum und überprüfte seine Vorräte für die nächsten Tage. Es war ausreichend Fleisch und Fisch eingelagert. Ben atmete auf.

Obst und Gemüse besorgte er sich jeden Tag frisch bei Bauern im nahen Brandenburg. Sie hatten sich bei ihm gemeldet. Die einen waren auf die Zeitungswerbung aufmerksam geworden und und andere auf die Internetseite. Die Landwirte suchten ständig neue Abnehmer für ihre Produkte. Mit Biobauern unter ihnen kam er schnell ins Geschäft.

Die Türglocke läutete. Mit einem fröhlichen »Hallo« stürmten Gaby und Hanni in den Gastraum, gekleidet in Jeans und T-Shirt. Ben erstarrte. Die beiden sahen ihn erstaunt an.

»So ein Mist, ich habe vergessen, ein passendes Outfit für euch zu besorgen.« Die Kellnerinnen in spe nickten.

Ben griff nach seinem Smartphone »Hallo, liebe Schwester, kannst du mal ins Restaurant kommen? Ich brauche Rat und Hilfe.« »Ja, ich komme gleich, hab ja heute meinen freien Tag. Worum geht es denn?« »Wir suchen ganz dringend passende Kleidung für Hanni und Gaby. Sie muss sich ins Ambiente meines Lokals einfügen.«

»Okay, dann bringe ich ein paar Sachen aus meinem Schrank mit. Größe?« Ben schaute die beiden fragend an. »36«, klang es unisono aus ihren Mündern. »Könnte klappen, ich komme.« Ben atmete auf und Anika kam.

Sie hatte zwei Baumwollkleider dabei. Rustikal und apart zugleich. Die Mädchen strahlten. »Für`s Erste reicht das«, meinte Ben, »morgen nach Feierabend geht ihr shoppen.« Gaby und Hanni verschwanden mit Anika in den Vorratsraum und zogen sich um. Aus der Küche vernahm Ben ihr fröhliches Geschnatter. »Na, die verstehen sich ja blendend«, murmelte er lächelnd.

»Wir möchten gern frühstücken, geht das bei Ihnen?« »Ja klar, nehmen Sie Platz«, antwortete Ben mit einem breiten Lächeln.

Hereingekommen waren seine ersten Gäste, zwei Damen und zwei Herren. »Bedienung kommt sofort.« Ben scheuchte die beiden Kellnerinnen in den Gastraum und flüsterte: »Bietet ihnen eine Freigetränk an, Sekt, Orangensaft oder was immer sie wünschen.« Hanni übernahm das.

Sie kehrte zurück in die Küche.

»Viermal das *Petit Dejeuner coprieux*. Dazu zweimal Café au Lait, ein Glas heiße Milch und ein Latte macchiato. Als Freigetränk wünschen die Herrschaften zwei Sekt und zwei Orangensaft.«

»War`s das?« »Oh, nein, beinahe vergessen, zwei Spiegeleier beidseitig gebacken.« »Pass demnächst ein bisschen besser auf.« Hanni errötete. Ben machte sich an die Arbeit. Es ging flott voran. Er war es gewohnt, eine Bestellung zügig und systematisch abzuarbeiten. Erst die Getränke, dann die Zutaten, sorgsam getrennt in verschiedenen Körbchen.

An separates Besteck und extra Teller für die gebackenen Eier hatte Gaby gedacht. Ben nickte zustimmend.

Beide Kellnerinnen servierten gemeinsam. Die vier ersten Gäste aßen und tranken mit Appetit. Sie redeten und lachten.

»Ist alles zu ihrer Zufriedenheit?«, fragte Gaby. »Oh ja, war ein tolles Frühstück«. »Die Rechnung bitte, geht alles zusammen.« »Macht glatte 58 Euro«, sagte Hanni.

Der ältere der beiden Herren zückte seine Brieftasche, überlegte kurz und meinte dann: »65 bitte«. »Oh, vielen Dank.« Sie zeigte ihre weißen Zähne und deutete einen Knicks an.

»Keine Ursache, junge Dame, es hat ganz vorzüglich geschmeckt. Wir werden Ihr Haus weiter empfehlen.« Hanni lächelte, nahm 35 Euro Wechselgeld aus ihrer Kellnertasche und reichte sie dem Gast. »Ich wünsche Ihnen allen noch einen wunderschönen Tag. Beehren Sie uns bald wieder.« »Ganz bestimmt«, antworteten die vier im Chor.

Hanni eilte zu Gaby und Ben in die Küche. »Das war ein super Auftakt. Unsere ersten Gäste fanden alles krass lecker und das Trinkgeld, wow.«

»Die Premiere muss gefeiert werden. Die Sektflasche ist noch halbvoll«, meinte Ben strahlend. Gaby holte Gläser und sie stießen an.

Der Vormittag war vorüber. Gegen zwölf Uhr kamen sechs Mittagsgäste, die jeweils ein Hauptgericht à la carte bestellten. Ben hatte reichlich zu arbeiten. Die Mädchen sausten zwischen Küche und Gastraum umher. Die Bestellungen kamen in rascher Folge und Ben kochte, briet und dünstete.

Leichte Fischgerichte mit Salat waren der Renner. Seine Vorräte an Meerestieren hatte er zum Glück reichlich bemessen. »Hoffentlich verlangen die Leute heute

Abend mehr Fleisch, sonst kann es knapp werden mit dem Fisch«, meinte er Hanni und Gaby gegenüber.

Am Abend war das Lokal mit 16 Gästen nahezu ausgelastet. »Wenn es so weiter geht, werde ich mir Verstärkung holen müssen«, dachte er.

Es ging so nicht weiter.

19

»Es war wohl nur ein zufälliger Anfangserfolg«, meinte er zu sich. In den kommenden Tagen herrschte Leere im Restaurant. Zum Frühstück und Mittag kam niemand.

Am Abend begrüßten Hanni, Gaby und Ben zwei Gäste. Und die begehrten je ein Bier und ein belegtes Brot. Die Kellnerin kassierte 15 Euro und 60 Cent. Die beiden rundeten auf sechzehn. Sie nickte stumm. Die Stimmung war gedrückt. Und Ben hatte Zeit zum Nachdenken.

Er nahm sich vor, am kommenden Montag seine Lieferanten zu besuchen. In den Kalender trug er ein: *Teltower Rübchen, Müggelseefischerei, Dresdner Feinbäcker*.

Er suchte Biogemüse vom Ökobauern aus dem Berliner Umland. Frische Fische, gefangen im heimischen Gewässer.

Zudem begehrte Ben reines Brot von Hand zubereitet aus einer klassischen Backstube.

Am Montag reiste er früh los. Er nahm den Bus 165 Richtung S-Bahnhof Schöneweide, stieg in den X 11 und fuhr über Lankwitz nach Teltow. Den Weg von der dortigen Haltestelle zum Ökohof hatte sich Ben am Telefon erklären lassen und wanderte den Rest der Strecke. Er brauchte insgesamt etwas mehr als eine Stunde.

»Guten Morgen Herr Herzog, ich freue mich, dass Sie den Weg zu uns gefunden haben. Erzählen Sie mit etwas über Ihr Restaurant, dann finden wir eine passende Zusammenstellung aus Gemüse und Obst.« Ben erläuterte das Konzept von *Chez Anton*. Seine Lehrzeit in der *Alten Schule* verschwieg er nicht.

»Ah, das klingt ja alles sehr vielversprechend«, meinte Matthias Gründel. »Und, übrigens, den Herrn Hoppmann habe ich auch mal kennengelernt. Er hat aber nichts bei uns bestellt. War ihm nicht manierlich genug, wie er sich ausdrückte.« Ben lächelte.

Matthias Gründel führte Ben in den Hofladen und zeigte ihm die zahlreichen Gemüse-, Obst- und Kartoffelsorten. Er erklärte ihm die Anbau- und Erntemethoden.

Ben war beeindruckt. Er bestellte einige Sorten Kartoffeln. Dazu Salat, Blumenkohl, Pilze, Pastinaken, Mangold, Möhren und Gewürze.

»Wann können Sie liefern?« »Gleich morgen, denke ich. Spätestens übermorgen haben Sie die Ware in Ihrem Restaurant. Bezahlen können Sie per Rechnung, die wir mitbringen.« »Das hört sich gut an, vielen Dank.« Ben verabschiedete sich.

Auf dem Rückweg zur Bushaltestelle lief er beschwingt Richtung Winnipeg Straße durch saftig grüne Felder. Leise summte er die Marseillaise vor sich hin:

Allons enfants de la Patrie. Le jour de gloire est arrivé, con-
tre nous la tyrannie, ...

Lasst uns gehen Kinder des Vaterlandes. Der Tag der Herr-
lichkeit ist gekommen, gegen uns die Tyrannei,...

Er mochte die Melodie. Sie war optimistisch, nach vorne schauend. Wenngleich der Inhalt sich grausam und kämpferisch darbot, vermittelte ihm das Lied der Französischen Revolution die Hoffnung einer glorreichen Zukunft. »Rainer Winzer, Dir zeig ich es«, murmelte er. Ben stieg in den Bus, der schon an der Haltestelle wartete und fuhr zurück nach Köpenick.

Der Rest des Tages gewährte ihm ausreichend Zeit für die Besuche beim Fischer in Rahnsdorf und der Dresdner Feinbäckerei in Friedrichshagen. Penibel notierte er seine Waren im Bestellbuch.

Am nächsten Morgen war er wieder zur Stelle im *Chez Anton*«. Ein Transporter hielt vor seiner Tür. Die Bäckerei lieferte die bestellten Brote. Fünf Mischbrote, sechs Preußenbrote, drei Mopse, vier Hausbrote, zwei Kümmel-Koriander-Brote, drei Vollkornbrote und zwei Toastbrote.

Ben prüfte die Lieferung. Sie entsprach exakt seinen Bestellungen und er packte die frische Ware sofort in die Tiefkühlung. Er nahm die Rechnung entgegen. »Danke für die pünktliche Lieferung.« Er drückte dem Fahrer einen Fünf-Euro-Schein in die Hand. Der revanchierte sich mit einer Verbeugung und einem breiten Lächeln. Er eilte zum Auto und fuhr zurück nach Friedrichshagen. Aus den Auspuffrohren des Transporters quoll eine schwarze, übel nach Diesel riechende Wolke, als er mit Schwung den unbefestigten Parkplatz verließ. Ben wedelte mit der rechten Hand unwirsch den Gestank von der Nase fort.

Seine Mine hellte sich schlagartig auf. Eine Gruppe von zehn Frauen und Männern näherte sich zielstrebig dem Lokal. Lachend und schwatzend öffneten sie die Restauranttür und stürmten hinein. »Wir haben Hunger, Hunger, Hunger, haben Durst«, sangen sie im Chor und verteilten sich im leeren Gastraum.

»Sie wollen sicher beisammen sitzen«, sagte Hanni, »wir können Tische zu einer Tafel zusammenrücken.« »Danke, sehr gern«, erwiderte ein großer, schlanker Mann aus der Runde. Hanni und er ergriffen einige Tische an beiden Enden und gruppierten sie zu einer Reihe. An deren Längsseite hatten je fünf Personen Platz. »Sehr schön«, kommentierte eine junge Dame, die mit ihrem bunt geblümten Sommerkleid aus der Menge an gedeckten Anzügen und dezenten Kostümen hervorstach.

Gaby trat an den Tisch. »Was kann ich für Sie tun?« »Wir haben großen Hunger und jeder von uns hätte gern ein üppiges Frühstück zum Schulabschluss. Wir haben die ganze Nacht unser Abi gefeiert. Was können Sie uns empfehlen?« »Ich schlage Ihnen unser *Petit Dejeuner coprieux* vor. Das *Petit* dürfen Sie nicht so wörtlich nehmen. Es ist nicht klein, sondern eher üppig und sehr variantenreich«, erklärte Gaby.

Einer der jungen Leute im grauen Anzug schaute fragend in die Runde. Alle nickten. »Gut, dann nehmen wir das für jeden. Wir sind schon sehr gespannt.« In Ordnung«, erwiderte Gaby. »Gibt es besondere Getränkewünsche? Traditionell reichen wir dazu einen Café au lait, aber es gibt natürlich auch noch mehr. Cappuccino, Latte macchiato, Espresso, Säfte, Sekt oder, was auch immer Sie wünschen.«

Kaum hatte sie »Sekt« gesagt, schnellten vier Arme in die Luft, begleitet von einem begeisterten »Ja bitte für mich«. Gaby notierte die Bestellung, las noch einmal vor und vergewisserte sich, alle Wünsche berücksichtigt zu haben.

»Möchte noch jemand ein Ei, gekocht, gebraten oder ein Rührei?« »Für mich ein Rührei bitte und ich nehme ein Spiegelei, wenn möglich auf beiden Seiten gebacken. Ich hätte gern ein weich gekochtes.« »Moment, nicht so schnell bitte. Jetzt noch einmal der Reihe nach.«

Gaby nahm erneut Block und Bleistift und ergänzte, bis sie alles beisammen hatte. Sie brachte die Bestellung zu Ben und las ihm vor. Der zuckte zusammen und kleine Schweißperlen bildeten sich auf seiner Stirn. Er sagte aber nichts, holte tief Luft und machte sich an die Arbeit.

»Ein Glück, dass das Brot schon gekommen ist. Da kann ich ein bisschen variieren. Jeder bekommt mindestens zwei verschiedene Sorten und, wenn`s nicht reicht, hilft bestimmt der Tischnachbar aus, oder wir legen nach.«

Das Touchon brauchte er an diesem Vormittag oft. Auch Hanni und Gaby kamen ins Schwitzen. In ihren neuen, adretten Landkleidern deckten sie eilig die Tafel mit Geschirr, Besteck und Gläsern ein, verteilten Servietten und servierten Getränke, Brot und Eierspeisen.

Derweil herrschte eine ausgelassene, laut-fröhliche Stimmung unter den Gästen. Sie redeten und lachten durcheinander. Kein Wort war zu verstehen.

Dann trat Stille ein. Die junge Dame mit dem bunten Kleid war aufgestanden, schlug sanft, aber vernehmlich ihre Gabel gegen das Sektglas. »Freunde, wir haben es geschafft.« Die anderen klatschten. »Lasst und anstoßen auf eine vielversprechende Zukunft. Und, wenn Ihr mögt, sehen wir uns in einem Jahr hier wieder. Viel Glück und Erfolg für uns alle.« »Ja, so machen wie das«, scholl es ihr entgegen.

Während des kleinen Zeremoniells hielten sich Hanni und Gaby dezent im Hintergrund. Sie standen still an der Durchreiche zur Küche und schwiegen. Als Ruhe eingekehrt war, traten beide an die Tafel. »Waren Sie mit allem zufrieden, oder können wir noch etwas für Sie tun?«

»Es war alles super. Aber wir hätten gern noch eine Runde Sekt für slle«, meinte ein junger Mann am Kopfende. »Übertreib es nicht«, mahnte das »geblümte Kleid«. »Sei doch keine Spielverderberin«, Gaby und Hanni warteten und mischten sich nicht ein. »Na gut, aber nur ein Glas für jeden.« Beide Kellnerinnen blickten fragend in die Runde. Alle nickten.

»Unsere Gäste wünschen noch für jeden ein Glas Sekt. Wir brauchen also noch zehn Gläser«, rief Hanni Ben in der Küche zu. »In Ordnung, ich öffne schon mal eine Flasche. Wenn die nicht reicht, nehmen wir eine zweite.«

Sie reichte nicht und Ben musste eine weitere anbrechen. Die stand nutzlos im Kühlschrank und verlor ihre Kohlensäure. Um den Verlust auszugleichen, wies er seine Kellnerinnen an, das Glas mit vier, statt der üblichen drei Euro fünfzig zu berechnen. Gaby blickte ihn missbilligend an. »Wie Sie meinen, Chef.« »Ja, das meine ich. Mischt Euch nicht in meine Geschäfte.« Die Kellnerin zuckte zusammen, sagte aber nichts.

»Die Rechnung bitte«, erklang der Ruf aus der Gaststube. »Komme sofort«, rief Gaby und eilte hinein. »Alles zusammen, oder getrennt?« »Getrennt bitte«. »Mist«, murmelte sie leise vor sich hin und kramte den langen Bestellzettel aus ihrer Tasche. »Hanni, kommst Du bitte helfen.« Bei jedem einzelnen strichen sie dessen Essen und Getränke ab und nannten den Preis. Es dauerte eine ganze Weile, bis sie mit der langen Tafel zum Ende kamen.

Die Trinkgelder fielen für Gabi und Hanni unterschiedlich aus. Zufrieden waren beide nicht.

20

Ben stand in der Küche. Er hörte das nagelnde Geräusch eines Dieseltransporters, der auf das Lokal zugefahren kam. Kurz darauf öffnete sich die Eingangstür und der Duft frischer Fische durchströmte den Gastraum. »Hallo Herr Herzog, ich bringe Ihre Bestellung«, rief Maria Thamm, Tochter und zukünftige Nachfolgerin des Fischers vom Müggelsee.

»Ja, super. Kommen Sie bitte in die Küche.« Sie kam und stellte die Kiste mit Aal, Barsch, Hecht, Zander und Wels auf Bens Arbeitsplatte.

Er öffnete den Behälter und sog den Duft der frischen Seetiere in sich auf. »Was für ein Aroma, herrlich.«

Den Inhalt prüfte Ben nur oberflächlich. Er war sich sicher, vom Fischer nur beste Ware erhalten zu haben. Er brachte sie sofort in den Kühlraum. »Vielen Dank, Maria, Sie werden bestimmt eine würdige Nachfolgerin Ihres Vaters«, gab er ihr mit auf den Weg. Er drückte ihr einen fünf Euro in Münzen in die Hand. »Oh, danke, bis zum nächsten Mal.« Sie fuhr zurück zum *Alten Fischerdorf.*

Ben fielen sogleich einige Rezepte ein. Er notierte: »Zander im Salzmantel gegart« oder »Hecht auf Pfifferlingen mit Meerrettichsauce«.

»Die frischen Fische werden meine Mittag- und Abendkarte bereichern und ihnen einen maritimen Anstrich verleihen«, meinte er zu sich. »Für ein Restaurant nach französischer Hausmannskost passt das.« Eine provenzalische Fischsuppe, die »Bouillabaisse«, durfte nicht fehlen. Genügend Auswahl hatte er jetzt.

Dass die Tiere aus einem Binnensee stammten und nicht aus dem Meer, hielt Ben für unerheblich.

Am Mittag bereitete er für wenige Gäste leichte, gebratene Fischfilets mit Kartoffelgratins zu. Mehr war nicht zu tun. »Schade«, meinte Ben und hoffte auf den Abend.

Gaby und Hanni zählten ihre mageren Trinkgelder. Eine andere Arbeit hatten sie nicht. Ben verfolgte den Sekundenzeiger der Küchenuhr. Er schlich um das Zifferblatt. Es zeigte 18:30. Kein Mensch näherte sich *Chez Anton*. Das Telefon, in hellem Rot gehalten, leuchtete aufdringlich und schwieg.

Anton streunte auf dem Parkplatz herum. Er markierte einige Pflänzchen, die zwischen losen Steinen hervorlugten. Seinem Konterfei auf dem Schild über der Eingangstür schenkte er keine Aufmerksamkeit.

Der Stundenzeiger stand auf der sieben. Ein rotes Auto bog auf den Platz vor dem Restaurant. Ben identifizierte es sogleich als *Ford Mondeo*. Die Türen öffneten sich. Drei Herren in sportlich-legerer Kleidung schlenderten auf die Eingangstür zu. Sie kamen herein und setzten sich an den Tisch, am Fenster zum Hof. Gaby kam heran. »Was wünschen die Herrschaften?« »Bringen Sie uns bitte die Karte und fragen den Chef, ob wir ihn sprechen können.« »Sehr gern, bin gleich wieder bei Ihnen.«

Gaby griff sich drei Speisenkarten vom Tresen und lief zurück zum Tisch. »Schon etwas zum Trinken?« »Danke, wir warten noch.«

Gaby lief zu Ben in die Küche. »Herr Herzog, da sind drei Herren, die Sie sprechen möchten. Irgend woher kenn ich die, weiß aber nicht genau.« »Nimm die Bestellung auf, dann schau ich mal.« »Okay.« Gaby eilte zurück zum Tisch. »Chef kommt gleich. Was darf ich Ihnen bringen?«

Die Gäste wünschten ein Rinderfilet medium, ein Wiener Schnitzel und einmal Zanderfilet, jeweils mit Pommes frites und Salat. Dazu zwei Hefeweizen mit Alkohol und eines ohne. »Sehr gern.«

Gaby gab die Bestellung an Ben weiter und der meinte: »Sie sollen erstmal in Ruhe essen. Du servierst ihnen dann Espresso oder Kaffee vom Haus und wir können reden. Ist Dir mittlerweile eingefallen, wer die Gäste sind?« »Nee.« Sie schüttelte den Kopf.

21

Ben bereitete die Bestellung zu. Innerhalb einer Viertelstunde hatte er die simplen Gerichte servierfertig. Gaby trug sie auf.

»Essen Sie in aller Ruhe, der Chef kommt dann.« Nach etwa einer halben Stunde waren das Bier ausgetrunken und die Teller leer. Hanni räumte den Tisch ab und holte drei Tassen mit dampfendem Espresso aus der Küche. »Darf Herr Herzog sich jetzt zu Ihnen setzen? Der Kaffee geht auf`s Haus.« »Ja, gern und vielen Dank.«

Gaby holte Ben. Der wusch sich schnell die Finger und zog eine frische Kochjacke an. Mit der eigenen Tasse in der Hand begab er sich zum Tisch am Fenster. Sein Notizbuch trug er unter dem Arm. »Guten Tag, ich bin Ben Herzog, Chefkoch und Inhaber.« Bevor sich die Gäste vorstellten, hatte er sie erkannt. Es waren Oliver Ruhnert, Geschäftsführer FC Union, Urs Fischer, Trainer und Cristopher Trimmel, Mannschaftskapitän.

»Welch eine Ehre, dass die Speerspitze unseres Köpenicker Kultclubs mein bescheidenes Lokal besucht«, meinte Ben. »Was kann ich für Sie tun?«

Oliver Ruhnert erklärte: »Wir haben einen neuen Spieler engagiert. Tim Maciejewski heißt er, 19 Jahre alt. Wir möchten ihm seinen neuen Kiez im wahrsten

Sinn schmackhaft machen. Wie ginge das besser als mit einem kultivierten Abendessen im Kreis seiner neuen Mannschaftskameraden.« »Menü oder à la carte?«, fragte Ben. »Die Geschmäcker meiner Spieler sind sehr unterschiedlich«, warf Urs Fischer ein. »Da bietet sich à la carte eher an als ein einheitliches Menü. Wir wollen den gesamten Kader einladen. Das sind weit über dreißig Personen. Wir kommen mit unserem Bus«, ergänzte Oliver Ruhnert. »Kein Problem«, sagte Ben und lächelte gequält.

»Okay, dann bis ungefähr in zwei Wochen. Mit dem genauen Termin melden wir uns noch rechtzeitig«, meinte Ruhnert. Die Gäste verabschiedeten sich.

Ben begleitete die Unioner bis zu ihrem Auto und winkte ihnen zu, bis sie losfuhren. Er kehrte ins Restaurant zurück und setzte sich an den Tisch, der soeben verlassen worden war. Die Sitzflächen strahlten Wärme aus. Ein Rest von Aftershave hing in der Luft.

Er lehnte sich zurück und stellte sich eine Tafel mit mehr als 30 Personen vor, von denen jeder irgendetwas anderes bestellte. Ben schüttelte langsam den Kopf und murmelte: »Das schaffen wir nicht.«

Er rief Hanni und Gaby zu sich und fragte sie nach ihrer Meinung. »Na klar, Chef, das kriegen wir hin. Wir fragen unsere Clique, ob jemand helfen kommt. Wir kennen einige, die das bestimmt gerne tun.« »Du denkst doch nur an die üppigen Trinkgelder und an Autogramme. Oder gar an einen knackigen Fußballer, den du vielleicht abschleppen kannst.« Hanni und Gaby hoben abwehrend ihre Hände, grinsten und riefen »Nö« .

Ben lachte. Sein Gesicht fiel zurück in eine düstere Mine. »Wie soll ich so viele verschiedene Gerichte perfekt und in angemessener Zeit zustande bringen?«, fragte er die Mädchen.

»Sie könnten für das eine Mal einen zweiten oder gar dritten Koch engagieren,«, warf Hanni ein. »Das will ich nicht«, entgegnete Ben barsch. »Dann müssen Sie die Veranstaltung absagen«, meinte Gaby. »Ja, das werde ich wohl müssen«, erwiderte Ben kleinlaut. »Morgen rufe ich an.« Er schloss die Augen und der Kopf sank ihm auf die Brust.

Hanni legte ihre Hand auf Bens Schulter. »Chef, wir finden eine Lösung, mit der wir alle leben können.« »Und wie soll die bitte aussehen?«, zweifelte Ben. »Nun. Gaby und ich kochen gern in unserer Freizeit. Wir könnten Ihnen bei den Routinearbeiten zur Hand gehen, Reis, Kartoffeln oder Nudeln kochen, Gemüse putzen, schnibbeln und dünsten. Alles unter Ihrer Aufsicht natürlich. Das Kellnern würden Freundinnen und Freunde übernehmen.«

Bens Mine hellte sich auf. »Okay, könnte klappen. In den nächsten Tagen üben wir das. Abwechselnd Du und Gaby. Eine von Euch muss immer für den Service bereit sein.«

Am folgenden Mittag ging es los. Eine Familie mit zwei erwachsenen Töchtern war zum Lunch erschienen. Sie bestellten zwei Fischgerichte mit *Reis und Ratatouille*, einmal Fleisch mit Pommes und Salat und einmal *Spaghetti Bolognese*. Ben beorderte Hanni zu sich in die Küche und überließ Gaby den Service.

»Bitte den Zander unter fließendem, lauwarmen Wasser abspülen, innen und außen sorgfältig säubern. Anschließend trocken tupfen und mit ein wenig Öl einpinseln.« Ben griff immer wieder ein. Beim dritten Mal schlug ihm Hanni sanft auf die Finger. »Ich mache das schon.« Ben stöhnte und hielt sich zurück.

Der Familie schmeckte es. »Der Zander war ganz ausgezeichnet. Alles andere auch.« Hanni schmunzelte.

Gaby war an der Reihe. Sie kochte Reis und Nudeln. »Abschrecken nicht vergessen und den Basmati nicht zu trocken werden lassen. Er sollte noch ein wenig Feuchtigkeit enthalten. Zum Schluss noch kurz in ein wenig Butter schwenken.« »Was Sie nicht sagen, Chef. Wäre ich nicht drauf gekommen.« Jetzt schmunzelte Ben.

Am Abend kamen wenige Gäste. Ihre Bestellungen wurden zügig abgearbeitet. Gaby und Hanni verließen das Lokal. »Danke Mädels, ich glaube, wir kriegen das hin.« Die beiden strahlten.

Ben zog sich in die Küche zurück. Seine Augen wanderten vom Posten zum Herd und retour. In Gedanken spielte er den Arbeitsablauf für das große Abendessen für Union durch. Er schaltete die Stoppuhr ein, schlenderte in den Kühlraum und entnahm ihm eine Portion Rinderfilet. Die brachte er zu seiner Arbeitsplatte. Er gab vor, sie zu öffnen. Er nahm das scharfe Filetiermesser, setzte es an, stach aber nicht zu.

Die Stoppuhr zeigte 20 Sekunden an. Ben überlegte. »Wenn ich für jedes Teil, das ich aus dem Kühlraum holen muss, so lange brauche, verplempere ich zu viel Zeit. Der Ablauf kommt ins Stocken. Die Gäste müssen warten. Unmöglich.«

Ben wiederholte die Prozedur im Laufschritt. Zehn Sekunden. »Ich werde mich sputen müssen an dem Abend. Und die Mädels auch.«

Anita Stoffmann kam herein, griff sich Eimer und Wischmob. Sie stürzte sich auf ihre Arbeit. »Hallo Frau Stoffmann, schön, Sie zu sehen. Bin gleich weg.«

Ben verließ das Lokal und nahm die Bahn nach Rahnsdorf. Am Marktplatz Friedrichshagen stieg er aus. Ben hatte angenommen, der *Feinkostladen* sei noch geöffnet. Er hatte sich getäuscht. »Ist ja auch schon viel zu spät. Wie konnte ich nur so dumm sein?«

Anton zerrte an der Leine und bellte. »Was ist los, Hund?«, fragte Ben. Er bemerkte, dass der Dackel begierig der anderen Straßenseite zustrebte. Ben schaute genauer hin. Er entdeckte Carlo, der angeleint vorm Edeka saß und wartete.

Die beiden Hunde beschnupperten sich und Anton umkreiste seinen Freund, aufgeregt mit dem Schwanz wedelnd. Der Labrador ignorierte das. Er starrte unablässig auf die Ladentür.

Dr. Michel, Bens Hausärztin und Carlos Frauchen kam heraus und warf ihm ein Würstchen zu, nach dem er begierig schnappte. Jetzt erst bemerkte sie die beiden. »Oh«, sagte sie, drehte sich um und verschwand wieder im Laden.

Kurz darauf tauchte sie erneut auf und hielt eine zweite Wurst in der Hand. Sie warf sie Anton zu. Der erhaschte sie und schlang sie herunter. Er trippelte auf Dr. Michel zu und sprang an ihr hoch. Sie kraulte ihm die Ohren.

»Na, was treibt ihr denn hier?«, fragte sie zu Ben gewandt. Und der erzählte von seinem Restaurant. »Das möchte ich genauer wissen. Kommt, ich nehme euch im Auto mit nach Rahnsdorf. Dann kannst du erzählen.« Carlo und Anton sprangen hinein, sobald Dr. Michel die Türen geöffnet hatte. Sie tollten auf der Rücksitzbank miteinander und quiekten vor Vergnügen. Die Ärztin fuhr los. »Wie bist du zu deinem eigenen Restaurant gekommen?«, fragte sie Ben. Der erzählte ihr von der schleichenden Entfremdung zwischen ihm und Rainer Winzer. »Es ging einfach nicht mehr.« »Gut gemacht. Man sollte immer auf sein Bauchgefühl hören. Wenn man sich nicht mehr wohlfühlt, muss man gehen.« Ben lächelte und warf ihr einen dankbaren Blick zu. Sie kamen in Rahnsdorf an. Die zwei Hunde schliefen.

»Vielen Dank fürs Mitnehmen«, sagte Ben und stieg aus. »Komm, Anton«. Der Dackel sprang aus dem Auto und folgte Ben. Carlo knurrte und döste wieder ein. Die beiden liefen die letzten Meter zu Fuß. Zuhause angekommen, hüpfte der Hund in den Korb, biss auf eine Kaurolle und war augenblicklich eingeschlafen. Ben lächelte, stieg die Treppe hinauf, vergaß, sich die Zähne zu putzen, zog den Schlafanzug an, legte sich ins Bett und blieb wach.

Seine Gedanken kreisten um Union und darum, dass er zum ersten Mal nicht mehr alleiniger Herr in der eigenen Küche sein werde. Es behagte ihm nicht, obwohl er für die Hilfe dankbar war, die ihm Hanni und Gaby angeboten hatten. »Da muss ich durch«, kam es ihm in den Sinn und er schlief ein.

22

A m nächsten Morgen fuhr er, wie gewohnt, zeitig ins Lokal. Er rechnete mit Gästen zum Frühstück. Ben füllte den Kaffeeautomaten mit frischen Bohnen, ausreichend für zehn Tassen. Brot, geschnitten in unterschiedlichen Dicken, lagerten in der Kühlung. »Je nach Bedarf werde ich sie im Ofen aufbacken«, hatte er sich vorgenommen.

Käse, Wurst und Schinken lagen geschmacklich sortiert im Kühlschrank. Marmelade und Honig waren ausreichend vorhanden.

Ben war bereit, Gäste zum ersten Essen des Tages zu empfangen. Hanni und Gaby kamen herein. »Morgen, Chef.« »Hallo, ihr beiden. Habt ihr eine Idee, was wir noch für das Frühstück vorbereiten sollten?«

Die Mädchen liefen in die Küche, öffneten den Kühlschrank und kontrollierten den Füllstand des Kaffeeautomaten. »Vielleicht noch ein paar geräucherte Forellenfilets?«, gab Hanni zu bedenken. »Und einige Bouletten?«, fügte Gaby hinzu. »Na, klar, hätte ich beinahe vergessen, danke.«

»Wir werden ein Team.«. Ben warf einen zärtlichen Blick auf die beiden. Hanni und Gaby hatten es bemerkt, sahen sich an und lächelten geheimnisvoll.

Gäste kamen zum Frühstück. Erst zögerlich, bis sich dann im Laufe des Morgens und des frühen Vormittags das Lokal zur Hälfte füllte. Hanni und Gaby sausten von einem Tisch zum nächsten. Sie nahmen die Bestellungen auf, deckten auf und kassierten. Sie hatten ihre Landhauskleider zu Beginn des Tages frisch gereinigt und gebügelt angezogen. Es bildeten sich die ersten Schweißränder unter den Achseln und im Dekolleté.

»Tisch fünf wünscht mehr Brot.«, rief Gaby Ben in der Küche zu, um sogleich vier vollgepackte Teller mit *Petit Dejeuner coprieux* in den Gastraum zu bugsieren. »Ja, sofort.« Bens Stimme klang rau.

Mittags flachte der Besucherstrom ab. Niemand beschwerte sich darüber. Ben hatte für jede Portion, die die Küche verließ, dem Whiteboard einen Strich hinzugefügt. Einen schwarzen für eine *Petit* und einen roten für ein *coprieux*. Die detaillierte Abrechnung erfolgte abends, wenn er das Restaurant schloss. Er blieb gern auf dem Laufenden. Selbst in der Hektik.

Zur Mittagszeit verirrten sich erneut wenige Gäste ins Lokal. Das Restaurant war spärlich besetzt. Die Bestellungen nicht der Rede wert. Zwei Fischfilets mit Salat und ein *Strammer Max*. »Dafür lohnt es sich nicht, die Küche in Gang zu setzen und die beiden Mädels zu beschäftigen «, grübelte Ben. Er rief Gaby und Hanni zu sich.

»Ihr habt ja selbst schon gemerkt, dass sich unser Mittagstisch kaum lohnt.« Die beiden nickten. »Was haltet ihr davon, wenn wir in Zukunft nur noch morgens und abends öffnen?« »Macht Sinn«, antworteten die wie aus einem Mund. »Also«, fasste Ben zusammen: »Ab sofort von 8:00 bis 12:00 Uhr und von 17:00 bis 22:00 Uhr, einverstanden?« »Ja, sehr gern.«

Ben änderte die Öffnungszeiten auf dem Schild und der Internetseite. Die Anzeigen in den Zeitungen korrigierte er telefonisch.

Er übte mit Gaby. »Wenn wir zwei Fischfilets mit Salat und einen *Strammen Max* zubereiten müssen, beginnen wir womit?« »Ich würde zuerst den Fisch vorbereiten, die Filets unter kaltem Wasser abspülen und trockentupfen, dann eine Panade aus Mehl, Semmelbröseln und Polenta herstellen«, meinte Gaby zaghaft. »Genau richtig«, stimmte Ben zu. »Zuerst immer das herrichten, wozu wir weder Pfanne, Topf oder Ofen brauchen, der Koch- oder Bratvorgang sollte zuletzt in einem Rutsch und ohne Unterbrechung ablaufen. Wie geht's dann weiter?«

»Fisch panieren und braten?« »Stop«, warf Ben ein. »Das Brot buttern und auf einen Teller legen. Das muss bereit sein, bevor Feuer unter der Pfanne brennt.

Stell dir vor, das Ei brutzelt und du musst Brot mit Butter bestreichen. Dabei gerätst du unweigerlich in

Panik, weil das Ei zu verbrennen droht. Auch ein einfaches Gericht verlangt Ruhe und Konzentration, merk dir das.« Gaby errötete.

Sie wälzte das Fischfilet in der Panade, heizte die eingefettete Pfanne und legte den Fisch hinein. Sie reduzierte die Hitze und ließ das Filet solange braten, bis sich eine braune Kruste gebildet hatte. Dann wendete sie es vorsichtig und briet das Stück auf der anderen Seite. Sie hielt die Hitze klein, damit der Fisch sanft durchgaren konnte und die Panade nicht verbrannte.

Den Friséesalat hatte Ben inzwischen gewaschen und getrocknet. Er warf noch einen Esslöffel Speckwürfel in die Fischpfanne, ließ sie kurz mitbraten und streute sie über den Salat.

»Gut gemacht«, meinte Ben und beendete die Übung mit ihr. Gaby lächelte.

23

Bens Smartphone vibrierte. Im Lokal hatte er immer den Klingelton deaktiviert, um die Gäste nicht zu stören. »Ja, Restaurant Chez Anton, Ben Herzog.« »Hallo und guten Tag, 1. FC Union, Ruhnert, unser Probeessen neulich bei Ihnen hat uns mehr als überzeugt. Können wir am nächsten Freitag so gegen 19:00 mit unserem Kader zu Ihnen zum Essen kommen?« »Herzlich gern, wie viele Personen?« »32«, gab Oliver Ruhnert an.

»Okay, mein Lokal steht Ihnen exklusiv zur Verfügung. Ich bereite alles vor«, antwortete Ben. Seine Knie wurden weich, er musste sich setzen. »Jetzt wird`s ernst«, schoss es ihm durch den Kopf und er holte tief Luft.

»Mädels«, rief er Hanni und Gaby zu, »am Freitagabend geht`s los. Euch beide brauche ich in der Küche und zusätzlich drei Personen für den Service.« »Dürfen auch Männer dabei sein?« »Ist mir wurscht, Hauptsache, es funktioniert.« Die Kellnerinnen versprachen ihm, sich darum zu kümmern. Ben verließ sich darauf.

Die Nacht war schrecklich. Die Uhr auf seinem Nachttisch zeigte 2:15 und Ben lag weiter wach. Er starrte mit offenen Augen zur Decke. Ihm schwirrten tausend Fälle durch den Kopf, an denen sein bislang größter Auftritt, das Essen für Union, scheitern würde.

Vom welken Blumenschmuck bis zum verdorbenen Zander reichte die Spanne. Ben fand keinen Schlaf. Um drei Uhr in der Nacht döste er ein. Zuverlässig um 5:30 weckte ihn Anton. Er schnüffelte wie an jedem Morgen mit der kalten Hundeschnauze an seinen Füßen. Die Erschöpfung hatte Ben vor einem gruseligen Traum bewahrt.

Er jagte den Hund aus dem Bett und marschierte eilig ins Badezimmer. Um das flehentliche Jaulen des Freundes scherte er sich diesmal nicht. Nach dem eiligen Frühstück, das ihm trotz Franziskas liebevoller Zubereitung nicht schmeckte, besann er sich eines Besseren und er nahm Anton mit. Der Dackel bedankte sich. Er bellte ausgelassen, sprang an Ben hoch und leckte ihm das Gesicht, als er sich zu ihm herunterbeugte und die Leine anlegte. »Aus, Anton, aus.«

In Köpenick angekommen, arbeiteten Gaby, Hanni und Ben ihr Tagespensum aus Frühstück und Mittagessen ab. Viel zu tun war nicht.

Die Servicehilfen für den Abend stellten sich vor: Michael, Petra und Monika. Sie hatten Erfahrungen aus mehrere Kellnerjobs in den Schulferien bei Kneipen der Umgebung. Eines der Mädchen sogar als Bedienung im *Vera Cruz* an der Bölschestraße in Friedrichshagen.

Ben war angetan. Er engagierte sie für den Union-Abend. Dass er misslingen werde, das befürchtete er indes noch immer.

Gaby und Hanni zeigten ihnen, worauf es ankommt, ohne zu vergessen, sie auf den gehobenen Standard von *Chez Anton* hinzuweisen. »Ben arbeitet nur mit hochwertigen Lebensmitteln und er widmet dem Spiegelei genau so viel Aufmerksamkeit wie dem *Lammragout mit Ziegenkäse Risotto und karamellisierten Nüssen*. Er bleibt dabei stets auf dem Boden der Hausmannskost.« Ben hörte es und lachte. »Ich hätte es nicht besser ausdrücken können.«

Ben führte die Neuen nach draußen. Anton tollte ums Haus. Er rannte hinter dem Grüppchen her.

»Was bis du denn für ein hübsches kleines Kerlchen?«, meinte Petra. Sie streichelte den Hund und kraulte ihm die Ohren. Anton wedelte mit dem Schwanz. Er hob den Kopf und leckte ihre Wange. »Aus«, rief Ben. »Er mag Sie«, kommentierte der Chef. Petra lächelte ihn und den Dackel an.

»Seid bitte morgen spätestens um 18:00 hier, wir erwarten eine große Gesellschaft. Die Mannschaft von Union hat ab sieben das Lokal reserviert«, erklärte Ben.

»Gaby und Hanni brauche ich in der Küche, ihr drei kümmert euch bitte um den Service.« »Oh, super«, rief Michael. »Dann lerne ich die Jungs endlich mal aus der

Nähe kennen.« Ben runzelte die Stirn. »Vorsicht, Ihr seid zum Arbeiten hier, nicht zum Staunen.« »Aye, aye, Sir«. Michael hob zwei Finger der rechten Hand an die Stirn. Ben lachte. »Wir sind hier nicht auf dem Kasernenhof, aber fast.«

»Welche Kleidergröße habt Ihr?«, fragte Ben und wandte sich zu Monika und Petra. »36«, klang es wie aus einem Mund. »Hab ich doch schon mal gehört, genau wie Hanni und Gaby. Gebt Ihr sie für einen Abend her?« Er wandte sich zu den beiden Kellnerinnen. Die nickten. »Na, dann ist ja alles gut. Und Du, Frank ziehst am besten eine dunkle Hose und ein einfarbiges Hemd an. Das passt dann. Ich zahle jedem von Euch zehn Euro pro Stunde. Trinkgelder dürft Ihr behalten, okay? Aber Vorsicht, es kann spät werden.« Alle nickten und reichten ihm die Hand.

Ben griff nicht gleich zu. Er hob abwehrend die Arme, fasste sein Touchon und trocknete sich die schweißnassen Finger. Dann schlug er ein. »Bis morgen, seid bitte pünktlich.« »Aye, aye, Sir«, wiederholte Michael. Und Ben lächelte.

Die drei waren rechtzeitig zur Stelle. Gaby bat sie, inmitten des Lokals eine lange Tafel aus Stühlen und Tischen zu bilden. »Ordnet sie bitte so an, dass Ihr ohne Probleme jeden Platz erreichen könnt, also auch um die Platte herumgehen könnt.« Sie trugen die Möbel eine

Zeitlang umher, bis eine endgültige Lösung gefunden war. Ein imposantes Arrangement dominierte den Gastraum.

»Beeindruckend, aber zu schlicht«, kommentierte Petra. »Da fehlt noch das ›Sahnehäubchen‹. Hat jemand `ne Idee?«.

»Ich habe noch jede Menge *Tipp-Kick*-Figuren zu Haus. Die könnten wir auf dem Tisch verteilen. Dazu eine grasgrüne Tischdecke und die Tafel sieht aus wie ein Spielfeld.« Die Mädchen klatschten Beifall.

Klaus schnappte sich sein Fahrrad und raste los. Er wohnte nicht weit entfernt. Ben wurde nicht gefragt. Gaby, Hanni, Petra und Monika bereiteten die Tafel vor. Eine passende Tischdecke gab es im Lokal. Sie war froschgrün. Man scherte sich nicht drum.

24

Michael kam zurück, außer Atem und verschwitzt. Ben sah ihn und zeigte stumm auf die Tür zum Waschraum. Er gehorchte und richtete sich leidlich wieder her. Schnell verteilten die Mädchen elf Figuren und die Kunststoffbällchen eilig auf der Tischdecke.

Ein imposanter Bus, lackiert in den Farben des FC Union Berlin, rauschte auf den Platz vor dem Lokal. »Empfangskomitee angetreten«, rief Ben und alle fünf plus Anton gruppierten sich um die Eingangstür. Die Mannschaft stieg aus. Der Platz war voll. Der Dackel kläffte aufgeregt und wedelt wie wild mit dem Schwanz.

»Herzlich willkommen, wir freuen uns sehr,« begrüßte Ben den Geschäftsführer Oliver Ruhnert.

»Vielen Dank, darf ich Ihnen unseren Neuzugang Tim Maciejewski vorstellen? Ihm zu Ehren essen wir heute bei Ihnen.« Ben verbeugte sich »Sehr erfreut.« Sie schüttelten sich die Hände. Er bat sie ins Lokal. Anton durfte mit hinein. Aufgeregt sprang er von einem zum anderen und kratzte an den strammen Fußballerbeinen. Manch einer kraulte ihm die Ohren. Sven Weinel, der Fahrer, blieb im Bus.

Ben lief zu ihm, klopfte an die Scheibe und bedeutete ihm, mit ins Lokal zu kommen. Der zögerte, folgte dann hinein. Alle Übrigen hatten sich längst gesetzt und stürzten sich auf *Tipp Kick*.

»Dürfen wir Ihnen schon mal etwas zu trinken bringen?«,fragte Petra, deren Kleid von Gaby bedenklich an ihren Hüften spannte. Mit der Kleidergröße 36 hatte sie ein bisschen geschummelt. Die eifrigsten *Tipp-Kicker* überhörten ihre Frage. Die meisten orderten Pils oder Weißbier. Urs Fischer runzelte die Stirn und murmelte leise »Na gut, ausnahmsweise.« Sven Weinel bestellte Wasser.

Anton rannte um den Tisch herum und begehrte, von jedem gestreichelt zu werden. »Schick den Hund nach draußen«, wies Ben Hans an. Der packte ihn am Halsband und zerrte den Dackel auf den Hof. Anton sträubte sich und zwackte den Kellner ins Bein. »Aus«, rief sein Herrchen und sah ihn strafend an. Der winselte und schlich mit gesengter Rute durch die offene Tür. »Oh, schade«, klang es aus der Runde. »Ein Hund, der sich nicht benimmt, hat in einem Restaurant nichts zu suchen«, meinte Ben. »Das muss er lernen.« »Ja, so ist es«, stimmte Urs Fischer ihm zu. Ben lächelte. Die Mannschaft schmunzelte. Die meisten senkten ihre Nasen in die Speisenkarte und bestellten. Petra, Hans und Monika warteten. Es ging los.

Vorwiegend Fleisch, Kartoffeln, Gemüse wünschten die Profis. »Ein großes Steak, Pommes und ein bisschen Salat«, war oft zu hören. Petra, Monika und Michael rannten um den Tisch und füllten ihre Zettel mit den Gästewünschen. Sie hatten alles aufgenommen und reichten 32 vollgeschriebenen Blätter zu Ben, Gaby und Hanni in die Küche. Die brieten, kochten und richteten um die Wette an. Ein Teller nach dem anderen reichten sie in den Gastraum.

»Entrecôte mit Pommes und Salat. Rumpsteak mit Kartoffelgratin und Broccoli. Wiener Schnitzel mit Bratkartoffeln und Erbspüree. Zanderfilet auf Gemüsebett«, klang es durch den Gastraum. Jedes Mal reckten diejenigen die Arme in die Luft, deren Bestellung aufgerufen wurde.

»Bitte nicht alle Gericht lauthals durch`s Lokal schreien«, ermahnte Ben die Kellner. »Wenn Ihr Euch nicht merken könnt, wer es bestellt hat, fragt diskret am Tisch. Wir sind hier keine Imbissbude.«

Ben fielen die abschätzigen Worte des Vaters ein. »Er darf nicht Recht behalten«, schoss es ihm durch den Kopf. Er errötete und der Schweiß rann ihm übers Gesicht.

Er griff nach dem Touchon und hielt es vor den Mund. »Ist Ihnen nicht gut, Chef?« Gaby sah ihn besorgt an. »Geht schon«, presste er hervor, drehte sich um und stolperte zum Waschraum. Wenige Minuten später stand er wieder auf seinem Posten. Ben atmete tief durch, griff nach der Wasserflasche und leerte sie zur Hälfte. Hanni, just damit beschäftigt, Meersalz über ein in der Pfanne schmorendes T-Bone Steak zu streuen, schaute fragend zu ihm. Er sagte nichts.

Im Gastraum war das dezente Gemurmel einer aufgeregten Stimmung gewichen. »Ja, Schuss« oder »Knapp daneben«, war zu hören. Begleitet vom Quietschen zurückgeschobener Stühle.

Vielstimmiges Lachen erklang. Sven Weinel kroch auf allen vieren unter dem Tisch durch. Er suchte einen *Tipp-Kick*-Ball. Der war nach einem gewaltigen Schuss weit über das Spielfeld hinaus gerollt und vor den Füßen des Trainers gelandet. »Nicht kitzeln«, lachte Urs Fischer.

Die Stimmung war ausgelassen, die Teller leer gegessen und die Gläser ausgetrunken. »Können wir noch etwas für Sie tun, ein Dessert vielleicht oder weitere Getränke, Kaffee, Espresso?«, fragte Petra, derweil Monika und Michael den Tisch abräumten und das benutzte Geschirr in die Küche trugen.

Geschäftsführer Oliver Ruhnert schaute in die Runde. Niemand meldete sich. »Nein, vielen Dank, wir sind alle sehr zufrieden. Lassen Sie uns die Rechnung zukommen. Wir bezahlen umgehend. Kann ich bitte Herrn Herzog sprechen. Ich möchte mich persönlich für den gelungenen Abend bedanken.« Ben streifte sich eine frische Kochkluft über und ging in den Gastraum. Ruhnert und er schüttelten sich die Hände. Der Koch verbeugte sich »Am Ausgang steht eine Box für den Service, wenn jemand von Ihnen ...« Auf ein Zeichen des Trainers verließ die Mannschaft winkend das Lokal. Jeder zückte die Brieftasche oder griff in die Hosentasche. Sven Weinel hupte zweimal. Der Bus fuhr los. Anton sprang bellend hinter ihm her.

Ben wandte sich seiner Truppe zu und breitete die Arme aus. »Toll gemacht, danke.« Die Mädchen und Michael stürzten sich auf die Box. »Stop«, rief der Chef, »Erst machen wir klar Schiff« »Okay« bekam er lustlos zur Antwort. Ben schmunzelte. »Wenn eine von Euch morgen Frau Stoffmann beim Putzen hilft, lege ich noch `nen Euro auf den heutigen Stundenlohn drauf.« »Mache ich«, meldete sich Monika. »Gaby und ich widmen uns grob der Küche, die anderen räumen den Gastraum auf. Dann dürft Ihr.« Sie rückten Tische und Stühle zurecht, räumten die Spülmaschine ein und entsorgten den Müll. Die Trinkgeldbox quoll über. Wenige Münzen fanden sie. Dafür viele Scheine. Zehner, Zwanziger und einen Fünfziger. Gaby, Hanni, Monika und Michael reihten sie auf einem Tisch aneinander.

Die Autogrammkarten stapelten sie separat. Auf der von Tim Maciejewski stand in kleiner Schrift »Für Monika.« Dahinter hatte er eine Telefonnummer notiert.

Sie errötete und verbarg sie rasch in ihrem Kleid.

Niemand hatte es bemerkt.

25

Ben schrieb am nächsten Morgen die Rechnung: 932 Euro und 75 Cent. Union überwies sofort und rundete auf 1000.

Es war Montag, *Chez Anton* hatte geschlossen, Ruhetag. Um 7:00 lag Ben im Bett und schlief. Der Hund kratzte an der Tür, bellte und begehrte Einlass. Sein Herrchen hörte es nicht. Anton gab auf und trollte sich. Ben erwachte, rieb sich die Augen und blieb liegen. »Nein«, murmelte er, »heute nicht«, drehte sich um und döste wieder ein. Der Wecker verharrte stumm auf dem Nachttischchen.

Am Abend zuvor hatte Ben einen Ball vom 1. FC Union daneben gelegt. »Zur Erinnerung viel Spaß mit einem tollen Essen«, stand darauf. Alle hatten unterschrieben. Ben schlug die Bettdecke zur Seite, nahm den Ball und kickte ihn gegen die Zimmerdecke. Anton bellte erregt und er ließ ihn hinein.

»Komm Hund, wir spielen `ne Runde«. Er bolzte die Kugel vor des Dackels Nase. Der schob sie durchs Zimmer bis zu Bens Füßen.

Der schoss den Ball gegen die Wand, von der er zurück aufs Bett sprang. Anton jagte hinter her und versuchte, ihn mit einem beherzten Sprung zu erhaschen.

Er rutschte ab und fiel rücklings auf den weichen Bettvorleger.

Ben lachte und der Hund quiekte vor Vergnügen. Die beiden tollten noch eine Weile herum, bis Ben entschlossen dem Badezimmer zustrebte. Anton ließ ihn und widmete sich seinem neuen Spielzeug. Er sprang wieder und wieder darauf und versuchte, sich oben zu halten. Es gelang ihm nicht.

»Vergiss es, komm wir fahren nach Köpenick«, meinte Ben und wandte sich, mit einem Handtuch über der Schulter, der Zimmertür zu. Er öffnete sie und bedeutete seinem Hund, ihm zu folgen. Anton flitzte durch die Tür und sprang die Treppe hinab. An der Haustür wartete er auf Ben. Beide schlenderten zur Tram und fuhren zum Restaurant nach Köpenick.

Den Unionball hielt er auf dem Schoß. Er betrachtete ihn versonnen. »Wir haben einen großen Tag gemeistert«, flüsterte er vor sich hin. Ein Lächeln umspielte sein Gesicht. Anton hatte sich zu seinen Füßen gehockt und schaute sehnsüchtig erst den Ball und dann Ben an. »Nein, Dackel, hier in der Straßenbahn spielen wir keinen Fußball.« Er fasste die Kugel fester und zog sie zu sich an den Bauch. Hund und Herrchen stiegen aus. Ben hatte den Ball unter den Arm geklemmt und presste ihn an seinen Körper. »Der bekommt einen Ehrenplatz im Lokal«, meinte er zu sich.

Später legte Ben den Ball in einen ausladenden Aschenbecher, der nur noch zur Dekoration auf dem Tresen stand.

In Restaurants durfte man schon lange nicht mehr rauchen.

26

Am Dienstagvormittag läutete das Telefon. »Restaurant *Chez Anton*, was kann ich für Sie tun?«

»Ich möchte für heute Abend um 19:00 einen Tisch für vier Personen reservieren.«

»Ja gerne. Auf welchen Namen?« »Winzer, wie der Weinbauer«. Ben stockte der Atem. »In Ordnung, habe ich notiert«, sagte er schnell und legte auf. Er schrieb die Reservierung mit einem roten Kugelschreiber ins Reservierungsbuch und unterstrich deren Bedeutung mit drei Ausrufezeichen. Er klappte das Buch zu und arbeitete die restlichen Frühstücksbestellungen ab.

Um 12:30 schloss er das Lokal. Er fuhr nicht, wie sonst üblich, nach Hause, sondern blieb allein im Restaurant zurück.

»Was will der bloß bei mir?«, fragte er sich immer wieder. Er fand keine Antwort. Ruhelos lief er umher. Er schaltete den Kaffeeautomaten ein und bereitete sich einen bitteren Espresso zu. Er öffnete eine Schublade im Tresen und suchte ein Messingschild *Rerviert* heraus. Das legte er auf den Tisch am Fenster. Dorthin, wo schon die Vereinsspitze von Union gesessen hatte.

Ben holte einen Lappen und polierte es glänzend. Der bittere Kaffee attackierte seinen Magen. Er presste die

Hand auf den Bauch und krümmte sich. In Fünf-Minuten-Abständen sah Ben zur Uhr. »Wir haben geschlossen«, rief er einem Paar zu, das um 16:00 an die Scheibe klopfte und Einlass begehrte. Es wandte sich kopfschüttelnd ab.

Ben bildete sich ein, noch die Worte »Mann, wie unfreundlich«, vernommen zu haben. »Die kommen nicht wieder«, sagte er zu sich. Es war ihm egal.

Er wandte sich erneut zum Kaffeeautomaten und wählte »Heiße Milch«. Die sollte den Bauch beruhigen. Er trank in kleinen Schlucken. Die Flüssigkeit brannte im Rachen und, im Magen angekommen, legte sie eine warme Decke um sein Inneres. Ben holte tief Luft. Sein Zustand besserte sich.

Gaby kam herein »Hallo Ben, gibt`s was Neues?« »Ja, mein ehemaliger Chef de Cuisine aus der *Alten Schule* hat sich für 19:00 angesagt. Für ihn und seine Begleitung habe ich den Tisch hier reserviert.« Er deutete auf den Platz am Fenster.

»Essen und Service müssen perfekt sein. Wir dürfen uns keine Fehler erlauben.« »Okay, ich werd`s Hanni sagen.« Sie ging sich umziehen. Mit rotem Kopf kehrte sie in die Gaststube zurück. »Mist, hier ist ein Fleck am Ärmel.« »Der muss raus, unter allen Umständen«, meinte Ben streng. Gaby rannte in die Küche, griff sich ein sauberes Geschirrtuch, feuchtete es an und tropfte ein bisschen Spülmittel darauf. Behutsam rieb sie den Fleck raus. »Alles wieder gut«, rief sie Ben zu. Der lächelte. »Na, zum Glück«, und strahlte Gaby an.

Monika kam. »Boah, das war `ne Mordsarbeit. Die Unioner haben `ne Menge Dreck hinterlassen. Frau Stoffmann hat mich ganz schön gescheucht.«

Gaby und Ben lachten. Die beiden erzählten ihr von den speziellen Gästen am Abend. »Kriegen wir hin. Wir sind doch ein eingespieltes Team«, meinte Hanni. »Schön«, erwiderte Ben und warf ihr einen dankbaren Blick zu. Sie zog sich um. Ihr Kleid war makellos.

Mittlerweile waren etliche Besucher ins Lokal gekommen und hatten die Tische und Stühle im Gastraum besetzt. Die Mädchen nahmen die Bestellungen auf und Ben ackerte in der Küche.

»Guten Abend, mein Name ist Winzer, wir hatten einen Tisch bestellt.« Gaby führte die beiden Ehepaare an den Platz am Fenster. »Ich bringe Ihnen die Karte. Wünschen Sie schon etwas zum Trinken?« »Sehr freundlich, vielen Dank, wir warten noch und suchen erst was zum Essen aus«, meinte Andreas Hoppmann und schaute fragend zu Rainer Winzer. Der nickte. Karin und Claudia, die beiden Ehefrauen, stimmten zu.

Die Vier studierten die Speisenkarte. »Also«, meinte der Légumier, »das Angebot sieht schon mal recht vielversprechend aus« »Stimmt«, pflichtete ihm der Kü-

chenchef zu. »Mal sehen, ob es hält, was es verspricht.«
Für sich und seine Frau bestellte er *Gedünsteten Zander auf Gemüsebett der Saison*. Dazu wählten beide Kartoffelpüree mit gerösteten Zwiebelringen. Claudia verzichtete auf Zwiebeln. Karin und Andreas Hoppmann einigten sich auf *Hähnchen aus dem Backofen auf Fenchelgemüse*. Beide Ehepaare wählten eine Flasche halbtrockenen Roséwein von der Loire. Der passte sowohl zum Fisch als auch zum Geflügel.

Gaby brachte die Bestellungen zu Ben. »Für Ihre speziellen Gäste«, raunte sie ihm zu. Ben zuckte zusammen und meinte: »Dann mal los.« Er stürzte sich in die Arbeit. »Bloß jetzt nichts falsch machen«, murmelte er.

Er übergab die angerichteten Teller an die Kellnerinnen.

Nach ein paar Minuten lugte er unauffällig in den Gastraum. Die vier am Fenster aßen und tranken schweigend. Die beiden Männer nickten sich immer mal wieder mit zufriedener Mine zu. Ben lächelte. Die Ehepaare hatten aufgegessen, legten ihr Besteck beiseite und tranken ihre Gläser leer.

»Waren Sie zufrieden? Kann ich noch etwas für Sie tun«, fragte Gaby, derweil Hanni den Tisch abräumte. »Ja«, sagte Rainer Winzer, »wir hätten gern noch vier doppelte Espresso und, wenn möglich, bitten Sie doch Herrn Herzog zu uns an den Tisch.« »Sehr gern.« Gaby eilte in die Küche und fragte Ben. Der garnierte eben noch ein *Mousse au Chocolat mit frische Erdbeerhälften.* Seine Hände zitterten. »Einen Moment noch, ich komme gleich.«

Er wusch sich durchs Gesicht, kämmte sich und strich sich die Kochkluft glatt. Gemächlich schritt er auf die Winzers und Hoppmanns zu. Er begrüßte erst die Damen und dann die Herren. »Ich freue mich sehr, Sie in meinem bescheidenen Lokal willkommen zu heißen.« »Komm Ben, nicht so förmlich«, lachte Rainer Winzer. »Viel Glück und Erfolg für Dich und Dein Restaurant. Das Essen war ausgezeichnet, auch der Service, perfekt.«

»Vielen Dank«, Ben verbeugte sich. »Schade, dass wir uns trennen mussten«, fügte Rainer Winzer hinzu.

»An mir hat`s nicht gelegen«, erwiderte Ben.